W0461406

La riposte

Jean-François Hardy

La riposte

roman

PLON
www.plon.fr

© Éditions Plon, un département de Place des Éditeurs, 2021
92, avenue de France
75013 Paris
Tél. : 01 44 16 09 00
Fax : 01 44 16 09 01
www.plon.fr
www.lisez.com

Mise en pages : PCA
Dépôt légal : septembre 2021
ISBN : 978-2-259-30694-2

Le Code de la propriété intellectuelle interdit les copies ou reproductions destinées à une utilisation collective. Toute représentation ou reproduction intégrale ou partielle faite par quelque procédé que ce soit, sans le consentement de l'auteur ou de ses ayants cause, est illicite et constitue une contrefaçon sanctionnée par les articles L. 335-2 et suivants du Code de la propriété intellectuelle.

Pour ma mère,
Pour mon père,
Et à L.

1

Il va bientôt mourir, son pancréas d'abord, puis ses intestins l'ont condamné. Moi, je ne suis que l'orchestrateur de sa mise à mort, je change chaque semaine ses perfusions, veille aux doses médicamenteuses, gronde parfois les aides-soignantes. Je m'assure, médicalement, qu'il est bien en train de mourir. Le protocole pour l'après est fixé, ses héritiers attendent. Ce n'est plus l'heure de vouloir encore un tour de piste, le manège ferme, rideaux, fous le camp, Jean-René.

Il observe mes gestes d'un œil inquiet. Avec la perfusion de morphine que je prépare, il est censé planer sans souffrir, mais qu'en sais-je réellement ? Je ne connais que la théorie : passé une certaine dose d'opioïde, les récepteurs sensoriels ne captent plus rien. Du reste, j'ignore tout de ses autres douleurs, des peurs qui l'habitent certainement. Jean-René n'en parle pas, il a sa fierté, celle d'avoir été « quelqu'un ». Député-maire, haut responsable d'un parti au pouvoir durant des années, propriétaire terrien, il aura amassé de quoi s'offrir le luxe d'une climatisation pour ses vieux jours.

Je ne l'aime pas et c'est réciproque. Dès ma première visite, nous nous sommes toisés. Tout nous oppose. Il croit au pouvoir des Hommes, à la civilisation, au progrès. Je crois que nous ne sommes qu'un tas de glaise mal cuite s'effondrant sous son propre poids. Jean-René vit « dans l'espérance », formule creuse pour dire qu'il est chrétien, sans contrarier sa foi dans la République et l'État. Une foi inébranlable, alors même qu'il crève d'un cancer sponsorisé par les pesticides de sa région. Il laisse à ses enfants un héritage, une situation. Moi, je suis parti de presque rien, mon père était ouvrier dans les chantiers navals de Saint-Nazaire. Jean-René vient du sud, de Bourgac. Je suis breton. Lui avait des leviers de pouvoir pour sauver les choses. À ma naissance, le match nous opposant à la planète était plié : défaite à domicile, pour tout le monde.

Même s'il ne m'apprécie guère, il est obligé de me supporter. Il ne veut pas finir comme son ex-femme, endurant son propre cancer sans broncher. Une femme bien sage qui jamais n'a râlé, ne s'est plainte, n'a osé poser de questions. Morte dans d'atroces souffrances. Alors, « quand le moment viendra », il souhaite que je « fasse ce qu'il faudra ». Je lui ai donné mon accord, je l'ai fait pour d'autres, ce sera juste plus facile avec lui. Je soulève la couverture sur son lit, vérifie en silence les lésions sur son ventre, remonte le drap. Si Jean-René veut pouvoir choisir sa date d'expiration, il va devoir accepter de respecter mon planning. Je n'ai pas prévu de faire d'exception : dans deux semaines, les tremblements, les morts, les Jean-René et les autres seront de l'histoire ancienne.

Je vais attendre dans la cuisine tandis que les aides-soignantes s'attellent à sa toilette. Il faut le déshabiller, le laver de bas en haut, au gant de toilette, ne rien oublier, je m'épargne cela. Tout m'épuise dans son appartement. La peinture du siècle d'avant, les craquements du plancher, l'odeur de vieux qui flotte dans l'air. Au-dessus de l'évier, des boîtes de biscuits à demi entamées hantent les placards, vague souvenir d'une époque où Jean-René mâchait. Il a laissé une photo de ses enfants sur la table. Bord de mer un jour de beau temps, quelques vagues, rien de dangereux, juste assez pour s'amuser à se faire peur. Ils sont jeunes, ils rient, ils ont l'air heureux. Ils n'ont pas encore vu le grand saccage du monde.

J'entends un grognement venant de la chambre. La morphine prend plusieurs minutes à agir, c'est normal. Bientôt, il ne sentira rien, à peine ma présence. Je regarde par la porte-fenêtre de la cuisine la vue insolente sur les toits de Paris. Dehors, aucun oiseau pour chanter la promesse d'une matinée ensoleillée, légère, insouciante. C'est cela notre *époque*, présent indéfini sans passé ni avenir, continuité sans interruption, sans égarements, surtout sans oiseaux. J'ouvre en grand, franchis la marche du balcon et inspire profondément un air moite. Octobre s'achève encore dans la canicule. J'allume une cigarette. Nouveau râle de Jean-René, lointain, moins fort, presque absent. En contrebas, soudain, des cris montent de la rue.

Je me penche par-dessus la rambarde : un camion alimentaire de l'armée est sur la chaussée, encerclé. Il a dû s'égarer sur son trajet vers les entrepôts de Montmartre.

C'est une cible facile dans ce quartier cossu, beaucoup de pauvres viennent y faire le ménage, les lits des enfants, laver les corps des Jean-René, avant de rentrer dans leurs mouroirs. *Candy shop*, disent les Anglais pour la tentation, et ce camion ressemble à un Carambar sur roues. De ma vigie, je vois deux guetteurs au coin, surveillant l'arrivée de la police. L'alerte a dû être donnée, mais il est trop tard. Les pillards se sont professionnalisés, ils ne choisissent plus au hasard, trop de risques, trop de problèmes, d'arrestations. Le camion a dû être repéré, pisté sur sa route, glissant dans le piège à chaque mètre. Le moteur vrombit, le chauffeur tente d'accélérer pour se dégager, mais un pavé s'écrase sur le pare-brise. Deux femmes ouvrent la portière et le traînent sur le bitume. J'entends ses cris et relève les yeux vers les toits de Paris en tirant sur ma cigarette. Je connais déjà la suite. Les portes cèdent facilement avec un pied-de-biche et une remorque de cette taille se vide en un instant. Si je baissais la tête maintenant, il n'y aurait plus qu'une forme écrasée au sol, un peu de sang, trois fois rien.

Je rentre dans la cuisine et referme derrière moi. Dans la chambre, la perfusion s'est écoulée et Jean-René, bien propre, aborde désormais sa tenue usuelle : pantalon de velours et chemise impeccablement repassée sur laquelle il tient à voir accrochée sa breloque rouge, reconnaissance d'antan pour ses services rendus. Un pin's pour avoir écrasé, menti, promis, navigué entre les abus de biens sociaux, les histoires de fesses, les polémiques. Quel courage il faut pour rester les mains dans les poches, pendant quarante ans de carrière. « Pardon, madame ? Oui, monsieur ? Ah bon, le monde brûle ? Je n'ai rien vu. N'oubliez pas de voter dimanche ! »

Je griffonne les dernières évolutions de son état dans le cahier de suivi. Son œil mi-clos, assommé, semble me remercier. Un œil qui va bientôt se fermer, c'est tout ce qu'il reste de Jean-René. Je range mes affaires dans ma sacoche, les autres patients m'attendent. C'est tout un peuple de mourants qui me vénère. Tels une mère qui prodigue soins et conforts, un Dieu qui apaise et endort. Un coup de morphine, quand j'en ai, et hop, direction l'azur. Un « bonsoir » et me voilà la seule voix humaine d'une journée. Et gloire à ce monde, à son industrie pétrochimique, à l'agroalimentaire, aux bagnoles et aux avions, qui ont rendu le cancer aussi obligatoire que l'école primaire.

2

La soirée aurait dû commencer vers vingt heures. Je serais rentré à l'hôtel, aurais bu des coups avec Kross, dormi un peu. C'était sans compter les appels urgents du soir, une voix qui bredouille, une chute, un malaise, la nuit qui arrive et l'aube qui semble inatteignable. Beaucoup de mes collègues les ignorent à présent, prière d'avoir des problèmes impromptus aux heures de service. Ne pas décrocher, ignorer les supplications, c'est le secret. Moi, je n'y suis jamais arrivé, tout simplement. Et ce soir, une fois de plus, la soirée s'est envolée. Un patient a glissé dans la salle de bains, sa femme maigrichonne n'a pas eu la force de le relever, de tirer son corps nu jusqu'à une chaise, de l'asseoir, le temps qu'il reprenne son souffle, que la peur s'évacue. La maladie commence à peine et déjà, avec elle, le dépeçage méticuleux, bout après bout, de la vie. Avant de m'appeler en larmes, sa femme a tout essayé. « Allez, encore une fois mon chéri, allez, tu ne vas pas dormir ici ! » Il s'est appuyé sur ses bras, a redressé son torse, senti la douleur monter des mains aux épaules, son corps trop lourd pour ses muscles faibles. Je les ai trouvés avec leurs mines penaudes, nous avons réussi à le lever à deux, j'ai plâtré son poignet droit, en prenant soin d'éviter le cathéter, puis je les ai laissés dans le bonheur simple de la catastrophe avortée.

Je pousse à contrecœur le tourniquet du métro. J'évite ce four congestionné autant que possible. À l'affluence et la chaleur s'ajoutent régulièrement des coupures intermittentes de courant. Nous restons alors dans les tunnels un temps indéfini, en attendant que les portes s'ouvrent pour finir le trajet à pied, le long des rails, silencieux. La nuit, malgré les odeurs de transpiration imprimées dans la tôle, le trajet est un peu plus supportable, la température descend.

Sur le quai clairsemé, des flics contrôlent les papiers, à la recherche de réfugiés illégaux. La dernière fois, c'est tombé sur un pauvre type d'Espagne. Ils l'ont coincé dans un coin du quai, le gars s'est débattu, a fini plaqué au sol, un genou sur le cou. Ils lui ont fait comprendre que sa terre natale désertique est assez douce pour lui, tandis que le reste des voyageurs ont détourné le regard et poursuivi leur route. La rame s'approche, je monte et trouve un siège vacant. Sur la porte qui se referme, un autocollant d'*Absolum*, le même que ceux recouvrant toute la ville. Un enfant dessiné sur le dos d'une espèce éteinte, un tigre, et en dessous une inscription : « Révolution pour la Terre ». Changement à République, un message d'annonce se fait entendre, j'attrape le dernier métro sur l'autre ligne, de justesse. Continuer tout droit m'aurait ramené à l'hôtel, mais je n'ai pas envie d'aller me terrer dans cette chambre, entre ces quatre murs, avec sa minuscule cuisine et son matelas trop mou qui m'aspire au milieu de la nuit.

C'est trop déprimant à minuit passé. Ce soir, j'ai envie de discuter, de me réchauffer, de vivre. J'ai envie de Khadija.

Un attroupement bloque la sortie du métro, j'essaye de me frayer un passage à travers le cercle qui s'est formé sur les marches, autour d'un homme, la quarantaine, rasé de près. À sa tenue pourpre et au ton de prédicateur qui s'échappe de son mégaphone, je devine qu'il est *spatialiste.* Je les déteste, ces Américains échoués en Europe. Lui parle de la Lune, de Mars, des colonies à y établir, de la croissance des plantes sous atmosphère contrôlée ou en gravité zéro. Jean-René serait d'accord avec la poursuite de cette grande mission civilisatrice. Étant donné notre réussite, exportons le modèle ! La ville est remplie de ce genre de tarés, ce sont les nouveaux rats qui peuplent les places et belvédères, transportant avec eux une peste insidieuse : l'espoir de retrouver la vie d'avant. Ils sont apparus lorsque le permafrost a fondu et que tout s'est emballé, le méthane libéré dans l'atmosphère ayant révélé au grand jour le bilan de deux siècles de progrès technique. Avec l'éclatement du thermomètre, il aura simplement fallu s'habituer à la canicule, aux pénuries, aux récoltes intermittentes et aux gens qui meurent, vite et salement. Beaucoup n'ont pas réussi, pas voulu, certains ont perdu la raison, comme ces fous désabusés. Ils en ont pour toutes les bourses. Ces apôtres *new style* ont une liberté de promesse que n'ont pas les religions du Livre. Loin du cahier des charges liturgiques, pour les nouveaux discounters de la vie éternelle, le royaume de Dieu ne coûte qu'un billet, une pipe, du tabac de contrebande. Je bouscule un type en bleu de travail et monte les marches vers la surface. Derrière moi, la voix gonflée par le haut-parleur me suit. « Jupiter... fusées... propulsion nucléaire... » Mais ferme-la, cela fait bien des années que nous ne regardons plus les étoiles. Je traverse la rue, esquive deux mendiants qui veulent me soutirer la richesse dont je ne dispose pas. Derrière eux, un homme maigre colle une affiche sur une vieille colonne Morris. Je m'approche pour observer de plus près à la lueur de la lune. Un garçon sur un tigre, la révolution est programmée. Les mêmes espoirs de lendemains qui chantent, dans le métro ou sur les murs. En bas de l'immeuble, je sonne chez Khadija, elle m'ouvre.

Elle s'enroule dans ma chemise et rit. « Tu veux que je te suce ? » Je ne me souviens pas que les étudiantes de mon âge aient été aussi émancipées, ou alors – et c'est très probable – j'ai simplement vieilli. Je ne dis rien, quand Khadija prend une décision, elle se passe d'autorisation. Je l'ai rencontrée alors qu'elle venait d'interrompre ses études d'architecture. Comme beaucoup, sans les moyens de se payer un master, elle s'était résignée à laisser carrière et réussite à mieux né. Paris profitait de la douceur d'une fin d'hiver, avant le retour des canicules. Les coupures fréquentes de courant emplissaient les berges d'une foule venue profiter des dernières lueurs du soleil. Je me réfugiais là, lorsque l'atmosphère à la maison devenait invivable avec Isabelle. Je m'asseyais près du Pont-Neuf pour regarder le soleil disparaître derrière les immeubles, sur la rive en face. Je ne l'ai pas remarquée tout de suite, trop concentré sur le crépuscule qui emportait avec lui un ciel sans nuage. D'abord, un index sur ma gauche pointé au ciel. « C'est la Grande Ourse là-bas ? » Puis, en tournant la tête, Khadija à côté de moi. Les premières semaines ont été haletantes, nous étions emportés par la découverte mutuelle de nos corps, grisés par l'interdit de mon infidélité. Nous nous retrouvions entre deux patients ou lorsque Isabelle s'absentait pour son travail. J'aurais pu être jaloux qu'elle fasse partie des derniers voyageurs à encore prendre l'avion mais, en réalité, c'est moi qui volais dans les interstices de l'existence. Depuis notre rupture, le secret a laissé place à la liberté. Je retrouve Khadija dans son deux-pièces sous les combles, lorsqu'elle a du temps pour moi.

J'ai le souffle court de l'orgasme. Les joues rougies. Une goutte de transpiration descend mollement le long de ma tempe. Khadija a gagné, elle vient se blottir contre moi. Je suis bien ici, il aurait suffi de peu pour y vivre, des bons bouquins, une cartouche de cigarettes, trois-quatre bouteilles, on aurait fermé la porte. Mais elle a un monde à elle, des amis dont je devine l'existence au hasard des indices laissés dans son meublé. D'autres que moi également. Là, une deuxième tasse dans l'évier, ici, un livre dont les gribouillis dans la marge ne sont pas de sa main. Depuis qu'elle a gravi les échelons dans son association, avec le besoin croissant de distribution alimentaire en banlieue, je sais également qu'elle fréquente de près ou de loin ceux qui braquent les camions dans la rue. Je ne lui pose jamais de question, c'est inutile. Elle me répondrait d'un silence et d'une petite moue signifiant qu'il y a là une frontière à ne pas franchir.

Tandis que je lui caresse l'épaule, elle m'interroge. « Alors, tu as enfin décidé ce que tu veux faire ? » Je replace une mèche brune derrière son oreille et lui souris. Elle attend une réponse. « Je ne sais pas, je réfléchis toujours. » Je déteste lui mentir, elle mérite mieux. Mais elle ne comprendrait pas. Khadija est entière, engagée, elle a ses combats, ses batailles, contre ceux qui nous ont mis dedans. Elle a sa jeunesse pour elle, peut-être l'ébauche d'un destin, l'espoir de le construire en tout cas, morceau par morceau si nécessaire. Je ne lui demande donc pas d'accepter, à son âge, que j'aie pu renoncer à vouloir sauver le monde, que je préfère l'abandonner à son sort. « Toujours pas ? », Khadija insiste. Elle m'observe, deux grands yeux marron, perçants, un peu déçue sans doute d'entendre la même histoire, celle d'une indécision réitérée. Notre relation commence à avoir quelques mois au compteur, je sais toutefois qu'il n'existe aucun avenir entre nous. Je suis trop vide d'espoirs, elle a encore trop à faire. À vingt-quatre ans, Khadija croit aux futurs possibles. À trente-sept ans, je ne pense pas qu'une marche arrière soit négociable. Nous sommes donc l'une de ces choses, de fait, qui se passent de définition. Pourtant, quand elle est là, entre mes bras, à chercher du bout des doigts un rebond, une dernière trique, je sais qu'elle est plus qu'une simple aventure.

Depuis quelques semaines, malgré les corps, les rires, le vin, quelque chose se creuse entre nous. Mon mensonge pèse de tout son poids, j'ai perdu une part de légèreté et j'ai du mal à soutenir son regard. Elle s'efface peu à peu dans un projet, une quête à laquelle je n'ai pas accès, trop polie pour l'avouer, trop pressée pour la dissimuler. Elle parle de ces luttes qui attendent, du besoin de renverser ces gouvernants pontifiants qu'elle déteste, de la nécessité de changer cette démocratie qui n'en a plus que le nom, de reprendre le pouvoir confisqué par quelques-uns. « On peut sauver les choses qui méritent de l'être, Jonas », me répète-t-elle à l'envi. Coller des affiches pour *Absolum*, rameuter en banlieue, ce doit être sa manière de s'engager. Des patients me disent que le mouvement grossit, qu'ils recrutent à tour de bras de l'autre côté du périphérique, qu'une révolution se prépare. Cela ne m'étonne pas, Khadija a suffisamment de raisons de se battre pour lever une armée entière.

Le soir de notre première rencontre, dans le bar, les bougies étaient presque consumées, l'heure de fermeture approchait. Après une gorgée de bière, elle s'est essuyé la bouche avec son avant-bras et, se penchant vers moi, a murmuré en réponse à ma question : « Bah oui, patate, il était du FLN ! » Je la connaissais depuis deux heures, à peine, et nous ne parlions déjà plus des étoiles, atterrissage sec sur la piste de l'Histoire. Khadija répondait à mon interrogatoire sur sa vie avec bonne humeur, heureuse sans doute de donner un écho à ce grand-père engagé qu'elle n'a pas connu. Poursuivant mon enquête, j'avais changé de génération. « Et ton père ? Il a continué le combat ? » Elle avait secoué la tête de gauche à droite. La révolution s'était brisée dans les mains de ses premiers enfants. À peine majeur, le paternel de Khadija avait quitté l'Algérie sans retour, pas même pour l'enterrement de son propre père. Il avait débarqué à Roissy, dans ce pays que ses parents avaient combattu. Il était venu chercher l'opulence, la démocratie, la possibilité d'un avenir meilleur pour ses enfants, ces mythes modernes que sa génération n'avait pas su ou voulu construire de l'autre côté de la Méditerranée. Il avait été accueilli avec le privilège des derniers arrivés : porter des colis, livrer des repas, récurer des chiottes, dormir dans des appartements sans fenêtre.

Je saute du lit, nous sers deux verres de vin rouge, reviens près d'elle, allume une cigarette. « Tu ne m'as jamais dit, tu sais, pourquoi ta mère est partie ? » Entre deux boulots au noir, son père s'était entiché d'une Française qui travaillait dans un magasin de prêt-à-porter à côté de l'Opéra. Il avait raconté à Khadija leur rencontre, les cartons d'habits sortis du camion, la jolie blonde qui signe le bon de livraison, son numéro griffonné sur le revers. Peu de temps après, ils avaient eu leur fille. Khadija souffle, c'est un sujet dont elle n'aime pas parler. Sa mère est partie vite. Elle a quitté ce mari un cran trop bas, trop prompt à accepter le premier emploi venu, qu'importent la mauvaise paie, les brimades, les horaires. Ils se sont battus pour la petite fille rieuse aux cheveux bouclés, cela, elle en est sûre, il le lui a dit. Son père l'a emportée, comme le butin d'un bateau pirate, et sa mère a quitté Paris, sans plus donner de nouvelles. « Alors, quand j'ai grandi et que j'ai compris, Jonas, je me suis promis une chose. » Toujours refuser la servilité. Elle avait hérité de ce grand-père anonyme un esprit d'insoumission, algérien ou français, pour elle c'était pareil. Son père avait ensuite eu un fils avec une nouvelle femme et il avait pris la tangente vers le nord de l'Europe, comme tant d'autres. Pas d'attaches ici, la France ou ailleurs, cela lui était indifférent. Elle a préféré rester. Alors certaines nuits, en entendant des pas dans l'escalier, Khadija se relève, alerte, dans le lit, et je sursaute. Peut-être a-t-il tout préparé pour elle, trouvé un coin de terre au bout du monde. Peut-être va-t-il franchir la porte pour venir la chercher, un matin, un lundi ordinaire. Elle y croit encore, mais elle sait, au fond, que personne n'en revient jamais.

Le soleil filtre par les persiennes, l'heure du turbin a sonné. Je m'extirpe du lit, Khadija reste nue tandis que je me rhabille. Je déteste quand elle fait cela, quand elle m'impose sa jeunesse, cette certitude du corps qui tient. Sur le pas de la porte, elle m'embrasse, la main posée sur ma joue. Je lui propose de nous voir demain. Elle n'a pas le temps avant la fin de la semaine. « Des réunions, des trucs associatifs, tu t'en fous de toute façon. » Je ne fais pas de commentaire, je n'ai pas envie, pas le temps, d'être complice de son engagement déraisonné. Elle m'ébouriffe les cheveux, je descends l'escalier.

J'ouvre la porte blindée de l'immeuble et longe les réfugiés qui attendent, assis le long de la chaussée, qu'une nouvelle journée passe. Dans le squat organisé sur le trottoir en face, ils sont surtout de Sicile. Près de l'hôtel, ils sont plutôt de l'Est, Polonais, Bulgares, Baltes. Ils ont fui la guerre, la sécheresse, les incendies et se sont retrouvés là, un peu par hasard. D'abord les premiers, à peine visibles, un centre d'accueil, une soupe populaire. Puis beaucoup, de partout. On a fermé les frontières, ouvert le feu, érigé des postes de contrôle, mais ils sont passés à travers les mailles de l'État. Les régions du Sud se réchauffent et se vident successivement. Le monde glisse lentement vers le nord.

Au carrefour, un vieux monsieur cintré d'un costume passé prépare le petit déjeuner pour une ribambelle d'enfants brailleurs. Nous nous saluons d'un signe de la tête. En passant devant le primeur, j'achète souvent un surplus de légumes et les laisse devant sa tente. Je ne sais pas quel rôle il tient au sein de cette diaspora, mais il semble être le moins hagard et limite l'alcool de contrebande qui circule le soir, de duvet en matelas. Au bout de la rue, je jette ma sacoche par-dessus la grille qui barre l'accès à un jardin public et saute. La première fois que j'ai voulu gagner du temps, le gardien m'a poursuivi avec son molosse, j'ai failli y laisser ma peau. À présent, il sait que je ne viens pas voler les cultures du quartier, alors je passe sans encombre. Je sors ma gourde, avale une gorgée d'eau. Octobre va définitivement dépasser son record de chaleur, à peine neuf heures, déjà un bon vingt-cinq degrés, l'hiver n'est pas pour demain. Je dépasse une affiche d'*Absolum* collée sur une poubelle : « Révolution pour la Terre ». Du temps du grand-père de Khadija, ils étaient sérieux. L'empire colonial n'est pas tombé avec un pot de colle et un morceau de papier. À l'époque, ils avaient au moins quelque chose à sauver, une liberté à arracher, une terre sur laquelle en profiter. La révolution aujourd'hui, et puis quoi, de la neige cet hiver tant qu'on y est ? Je lance un pied en avant, un autre, les pas s'enchaînent. Bientôt, ils m'emmèneront ailleurs, mais pas aujourd'hui, Acham, Claudine et les autres ont encore besoin de moi.

3

Dans la famille d'Acham, une moitié n'a pas de papier, l'autre n'a pas de travail, alors ils paient quand ils le peuvent. Ils ne vivent pas très loin, à la limite de Paris, au bord du périphérique. Pas encore la banlieue, certainement plus la capitale. Je monte rapidement l'escalier de l'immeuble, vieux bois, terni et rongé par l'usage quotidien. Le bâtiment craque, les canalisations d'eau percées ont rendu le béton des murs friable, gorgé d'humidité. Les vitres ont fini par se fendre et, comme l'ascenseur en panne, personne ne s'en est plus occupé. Un jour tout s'écroulera, ensevelissant les habitants comme autant de victimes d'un Tchernobyl sous son sarcophage. J'arrive à la porte cadenassée, troisième gauche au dernier étage, je sonne. Acham et moi, nous nous connaissons depuis mon arrivée à Paris pour les études. Gamin, il jouait au foot dans la rue, je lui renvoyais la balle en passant. Je lui tenais la porte de mon immeuble pour qu'il se planque, lors des descentes de flics. Après l'accident industriel ayant conduit à la fermeture du quartier une semaine, il a continué à jouer au foot. Un terrain contaminé, un dribble réussi, une leucémie en fin de course.

« On va faire de la luge ? » J'ai forcé la dose, Acham a l'air d'être parti haut. Je braque ma lampe-torche sur ses pupilles dilatées, ça ira. Il passe ses journées allongé, trop fatigué désormais pour seulement marcher. La compression prolongée de son corps a provoqué des nécroses. D'abord la peau noircit, puis les muscles pourrissent. Avec l'eau rance qu'il boit, la diarrhée vient souvent en rajouter une couche, pour mieux dévorer la chair. Par endroits, il est rongé jusqu'à l'os.

« Monsieur Jonas, vous avez vu les infos ? On va encore se faire rationner ? » Le père d'Acham a pris le mauvais pli de me considérer comme un représentant du gouvernement. Il se tient appuyé dans l'encadrement de la porte, ses yeux fatigués de veiller sur un fils mourant, sa grosse moustache blanche et touffue qui surveille ma réponse. J'ai bien envie de lui dire de se tirer, de chercher un autre eldorado. Mais il est attaché à ce pays, à la promesse qu'il s'est faite dans l'exode, celle de réussir ailleurs, pour lui et ses enfants. Malgré les flics qui cognent, le gouvernement qui les a relégués en bordure de Paris, l'insalubrité et la maladie, la famille d'Acham attend, là, un miracle républicain ou la mort. Je ne suis pas d'humeur à discuter rationnement, je n'aurai bientôt plus à redouter les files d'attente et les placards vides. Et puis, je ne crois pas à une nouvelle pénurie. La première fois, nous avions été surpris, les récoltes qui brûlent, les pays qui cessent d'exporter, personne ne s'y attendait. Aujourd'hui, nous avons des stocks, un ministre dédié, bref, toute la puissance de l'État pour organiser une chute bien ordonnée. « Je n'en sais rien, je ne suis pas chargé du ravitaillement. » Réponse sèche, mais il me laissera tranquille quelques minutes. La journée est chargée, je veux simplement en finir avec son fils.

J'attrape une compresse et tamponne une plaie, tandis que le pater familias disparaît dans le couloir. Acham gazouille. Trop jeune pour être malade, il a été l'une des nombreuses victimes collatérales de l'explosion d'une usine de produits chimiques. Des cuves emplies de substances à haut risque, mal stockées, mal surveillées, ça ne pouvait que péter. À peine trois mois, c'est ce qu'il m'a fallu pour remarquer une recrudescence anormale de patients atteints de pathologies lourdes. Ils étaient ouvriers, balayeurs, prostituées, sans emploi. J'étais jeune élève infirmier, j'en ai référé à ma hiérarchie, elle m'a demandé un rapport, je l'ai rédigé. Il a été rangé proprement dans un placard, avec ceux des autres élèves et mes projets de carrière. Fin de l'affaire d'État, circulez et n'allez surtout pas chercher ce qu'il se passe autour du périph'. Quinze ans plus tard, Acham meurt doucement, mais cela n'a aucun lien, bien sûr. Autrement, il faudrait une commission d'enquête, des indemnisations, un procès, des gens en prison. Il faudrait accepter de rendre des comptes, admettre une injustice de classe et de couleur de peau. Non, il n'a juste pas eu de chance, cela arrive.

J'ai presque fini, je pose doucement les derniers pansements sur ses plaies. En dépit de la dose de cheval qu'il a reçue, Acham semble reprendre conscience de ma présence. Je crois bien qu'il pleure, une lueur de tristesse passe sur ses pupilles éclatées, impossible d'en avoir la certitude. Est-ce la réminiscence de la douleur ou mon départ prochain ? Je n'avais pas imaginé que cela puisse provoquer en lui une émotion particulière. Sa voix, adolescente, presque ténue, avec son accent qui déforme légèrement les *u*, se charge de reproches.

« Tu me laisses seul avec ça. »

Il se tourne dans son lit, fait face au mur, je pose ma main sur son épaule.

« Je suis encore là, Acham, il reste un peu de temps. Tu verras, ma remplaçante est très sympa, vous allez bien vous entendre.

– Je m'en fiche qu'elle soit sympa. Vous êtes pareils, vous êtes juste là pour que je ne fasse pas trop de bruit. »

Il sanglote, je lui caresse l'épaule, il lève la tête, me fixe. Je m'assieds le dos droit sur le lit, pose mes mains sur mes cuisses.

« Écoute. Cela ne sert pas toujours d'attendre. »

Les mots sont sortis sans trop y réfléchir.

« Tu proposes de me tuer, c'est ça ? (Acham louche en essayant de fixer mes yeux.) Tu sais, je n'ai pas besoin de toi. Si je veux me tuer, je le ferai seul, dans la nuit, pendant que mes parents dorment.

– Et tu feras comment, gros malin ? »

Je replace son oreiller sous sa tête, il se redresse dans le lit, son visage est presque collé au mien.

« J'avalerai de la javel, ou alors, je m'étranglerai dans un drap, dit-il, défiant.

– Tu fais ce que tu veux, Acham. Mais juste un conseil, si tu veux bien m'écouter pour une fois : évite la javel. (Je me lève, plie bagage.) On se revoit demain. »

« Attendez, monsieur Jonas ! » C'est le véritable problème dans cette famille : j'incarne tout ce que la société compte d'autorité. Ils me prennent tantôt pour un esthète lettré, souvent pour un druide guérisseur, toujours pour un généraliste, et à dire vrai je suis certainement le seul représentant du corps médical à encore venir ici, le seul abruti à parler de « patient », le dernier qui n'a pas brûlé ses cours de déontologie. Souvent, je dois examiner la famille, les cousins, les voisins de palier, ou simplement un ami du quartier. Je me retrouve avec les gorges irritées, les toux grasses, les petites douleurs qui en préfigurent souvent d'autres, plus intenses. Ce matin, le père d'Acham me place face à la grande sœur. Dix-neuf ans à peine, et du sang plein la culotte. Son père veut savoir « s'il est temps ». Je demande à l'ausculter en tête à tête, il accepte, années de confiance mises bout à bout. Cela me prend moins d'une minute pour constater qu'elle est en âge de procréer. C'est de plus en plus tard maintenant, les filles de la vingtaine débutent à peine leurs règles. Sans la surpopulation, cela finirait par être un problème. Le père attend dans le couloir. « Ne lui dites pas, s'il vous plaît ! » Je fais non de la tête et baisse la voix pour lui demander si elle a un copain, si elle veut des contraceptifs, voire un des stérilisants distribués par le gouvernement. Elle ne veut rien, juste un enfant avec son amoureux, un gamin du quartier, et s'enfuir vers le nord tous les trois, personne n'est au courant. Je la regarde sans un mot. Comment pourrais-je l'en dissuader ? Elle m'enlace, je sens la pression de ses seins sur mon torse, me fait un bisou sur la joue et m'ouvre la porte. Dans l'entrée, son père m'interroge. « Tout va bien. Ce n'est pas encore le cas. Ne vous inquiétez pas. Vous avez du temps avant qu'elle n'ait l'âge. » Derrière l'ombre de son père, elle m'adresse un clin d'œil, j'y réponds discrètement. Gentille gamine, elle n'a pas choisi de naître dans cette putain d'époque. Mon mensonge lui a acheté un peu de temps, trop peu, ou peut-être assez pour des rêves d'enfant.

4

Je regarde ma montre. Il est trop tôt pour se lever, trop tard pour retrouver le sommeil. Je repousse le drap, croise mes mains derrière la tête, les yeux vissés au plafond. Une nouvelle journée m'attend, mais, comme tous les matins, je vais éprouver un bonheur simple : celui de cocher une nouvelle case sur le calendrier aimanté au petit frigo, moins de deux semaines à tirer. Je balaye du regard les murs gris. Ce n'est pas folichon, néanmoins le prix que m'applique Kross est dérisoire, à l'image du quartier. J'ai atterri là le soir de ma rupture avec Isabelle, au milieu de la nuit, mon vieux sac de voyage en cuir en travers de l'épaule. Je ne suis pas reparti depuis. Au plafond, la pale du ventilateur est à l'arrêt. Les plombs ont dû sauter, à moins que ce ne soit une énième coupure généralisée. J'enlève mon tee-shirt humide de transpiration. J'aimerais être avec Khadija, n'importe où, déjà ailleurs. Elle a disparu une fois de plus, sans un mot, sans un numéro pour la joindre. Impossible de l'appeler, qu'elle comprenne au ton de ma voix, pressante, anxieuse, que chaque soirée perdue l'est maintenant à jamais.

J'ai encore le goût du dîner dans la bouche. C'est une tuerie, ce poulet que les vendeurs de rue font griller sur des caddies devant l'hôtel. Cuisson impeccable, goût légèrement fumé. Je l'ai partagé avec Kross, une routine qui s'est peu à peu installée entre nous. Nous avons mangé en discutant à l'accueil, chacun de son côté du comptoir, moi le client, lui le patron. C'est un ancien légionnaire, comme l'attestent son mètre quatre-vingt-quinze, ses cent douze kilos de viande, ses réflexes et son agilité. Son prénom polonais est imprononçable, j'ai donc seulement gardé les premières syllabes. Torse nu et transpirant, Kross a refait, une fois de plus, ses batailles et ses conquêtes, une aile de poulet à la main. Ses tatouages ont bougé au rythme du récit : les véhicules blindés qu'il a conduits sur son dos musclé, la longue liste des camarades tombés qui s'étend du poignet gauche à l'omoplate, un portrait de pin-up sur l'autre bras, et, dit-il, sur les parties intimes, la liste des filles. Aux premiers ordres de tirer sur ses compatriotes qui fuyaient, Kross a quitté l'armée, sans un mot pour ses supérieurs ni lettre de démission. Il a pris son paquetage, est passé devant les officiers et a traversé la cour en emportant son honneur. Depuis, il travaille avec régularité sa cirrhose et fournit une chambre aux gens tels que moi.

Le maigre loyer de l'asile ne paie toutefois pas la bière, alors, tous les mardis, Kross va dépecer des carcasses de mouton à l'abattoir du quartier. Il enlève la peau, le gras, sectionne les tendons, vide les intestins, découpe les gigots et les côtelettes. Il vient à bout d'un bovidé adulte en moins de dix minutes, pour le grand bonheur du gérant. Il a cependant refusé la promotion à la tuerie, car depuis l'armée Kross ne s'est fixé qu'une seule règle dans l'existence : ne plus avoir à ôter la vie.

Après le repas, Kross a posé sur le comptoir deux bouteilles de bière, c'est notre autre tradition du soir. Il a tiré sur sa cigarette roulée et a reniflé bruyamment, signe que c'est à mon tour de parler. D'ordinaire, je lui raconte mes patients, on passe de ses batailles aux miennes. Ce soir, j'ai hésité. Si je lui avais avoué mon départ, peut-être aurait-il ouvert les bras, pour m'écraser contre lui, en broyant ma cage thoracique jusqu'à m'en couper le souffle, fier et heureux. Il aurait ensuite sorti de sous le comptoir la bouteille des grandes occasions, celle qu'on met de côté sans savoir pourquoi. Nous aurions trinqué à ma santé, à la sienne, à ce bout de chemin fait ensemble, au nouveau qui se dessine, en se promettant de se revoir, de se retrouver, si fort que nous y aurions cru. Ou bien, les premiers mots à peine sortis, il aurait tourné les talons, disparu dans la réserve, sans un mot, me laissant seul avec ma bière, déjà mort ou porté disparu à ses yeux. Mais en le regardant, mon courage a fondu. Je lui ai donc simplement demandé ce qu'il pensait d'*Absolum*. Tout le monde voit les affiches, entend les rumeurs, le bruissement de quelque chose qui se trame, mais personne n'en dit rien, ou alors trop peu. Kross a fait une grimace, cherchant ses mots ou l'intention de ma question. Il a froncé ses épais sourcils, puis, faisant le tour du comptoir, m'a emmené devant l'hôtel. Sur le porche, il a pointé une trace de sang séchée, ce qu'il reste d'une des nombreuses bagarres qui éclatent régulièrement la nuit. Nous avons déambulé entre les caddies et les tentes de ceux qui n'ont pas les moyens de s'offrir son toit. Au milieu de la place, Kross s'est arrêté, a posé sa patte d'ours sur mon épaule. « Regarde, Jonas, on s'en fout de ce qui se prépare, ça ne peut plus être pire. »

Je change à nouveau de position, la tête en bas du lit, les pieds contre le mur. Je revois Isabelle m'attendre le dernier soir. Pauvre fantôme qui toque à la porte du présent. Elle rentrait d'un énième séjour à l'étranger, cela nous faisait un sujet de conversation pour l'inévitable dîner des retrouvailles. Après quatorze ans de vie commune, nous n'avions plus rien à nous dire, ce n'était ni sa faute ni la mienne. Nous nous contentions de faire comme tout le monde, tenir. Pourquoi ? Jusqu'à quand ? Aucun d'entre nous n'avait la réponse, nous tenions simplement, avec une certaine fierté. Dans les jours suivant son retour à Paris, Isabelle se perdait davantage dans le vide, entortillant autour de son index une mèche châtain clair et l'idée d'un ailleurs, sans doute d'un autre homme. Partir était pourtant impensable pour elle. Avec acharnement, des années durant, elle s'est persuadée qu'il restait quelque chose à sauver, à construire. Elle a fait semblant de m'aimer, moi d'y croire. Nous pensions que vivre sur un mensonge suffirait.

Par la fenêtre de la chambre, j'entends au loin une sirène, l'écho d'un coup de feu. Un type a dû essayer d'attraper ce qui ne lui appartient pas. Je me lève, la moiteur du lit est devenue insupportable. Dans la salle de bains, je tourne le robinet de la douche, l'eau marron cède peu à peu sa place à un filet clair. Cinq minutes à me rafraîchir, la tête plongée sous l'eau, l'esprit qui plane. Je nous revois marcher jusqu'à l'appartement ce soir-là. La nuit brûlait, elle cherchait maladroitement des mots pour combler le vide, j'y répondais. Nous jouions ensemble notre partition, maîtrisant parfaitement chaque note jusqu'à l'apothéose. Le baiser dans l'ascenseur, la porte de l'appartement qu'on claque, elle qui file dans la chambre, moi qui l'y retrouve nue. Malgré la distance qui détruit, le rêve d'une autre vie, nous répétions la promesse originelle dans l'intimité des corps. Cela ira, malgré le monde en morceaux, nous nous tiendrons assez fort pour tout recoller.

Je me rallonge dans le lit sans me sécher, les gouttelettes d'eau se mêlent à la transpiration. Le soir de la rupture, j'ai ramassé mes affaires sans peine. Je n'avais jamais eu grand-chose de valeur dans cet appartement. J'ai pris ma trousse de soins, des chemises, c'est à peu près tout. Isabelle pleurait dans la cuisine nos promesses brisées, ces lendemains gâchés la veille, le dernier clou dans le cercueil. Mon départ avait suivi une de ces conversations soudaines, sans fin, qui s'étirent par inertie dans le temps et tournent à la dispute. Le calme des premiers mots cédant d'abord à la colère, puis la révolte prenant le dessus face aux accusations, enfin le piège qui se referme, la vérité explosant comme une grenade sur ce qu'il restait de nous. Dès le premier jour, j'avais su que nous craquerions, inexorablement. Que ce soit dans un deux-pièces sous les combles avec une femme rêveuse, ou dans le faste d'une chambre d'hôtel à l'étranger, avec un connard en costume trois-pièces. Que ce soit spontané ou planifié, imprévu ou organisé, j'avais su qu'un jour nos corps iraient se fondre avec d'autres. En fait, je crois que cette idée m'avait toujours rassuré. Pour nous comme pour ce monde, il n'y aurait pas d'issue, à quoi bon reconstruire si tout est détruit ?

La porte cochère claque derrière moi, je lève les yeux. Le soleil est au zénith, la matinée s'est dérobée sans que je m'en aperçoive. Temps volé, irrécupérable, que les patients emportent avec eux. Il aura fallu que celui-là l'ouvre. Autant, changer les pansements, poser des perfusions, cocher des cases sur des formulaires qui quantifient ce qu'il reste de vivant, c'est rapide. Autant, écouter les doutes, les regrets, les souvenirs remués à partir d'une vieille photographie, « c'était mon fils, un grand garçon qui vous ressemble », c'est plus compliqué. Je n'ai pas reçu de cours pour cette partie du travail, j'ai dû apprendre sur le tas. En débutant, j'écoutais, relançais, posais des questions, allais chercher dans le tiroir, « oui à gauche, en haut », un vieil album photo, les traces d'une gloire lointaine, inutile et oubliée. À présent, je reste silencieux, ils parlent puis s'arrêtent, rapidement. De temps en temps, l'un d'eux s'accroche pourtant. Lui voulait me parler de son fils qui a fui et de sa petite-fille née ailleurs, qu'il ne connaîtra jamais. Il a décidé de ne pas se laisser décourager par mon mutisme, de faire de moi le grand témoin de son existence. « Vous comprenez, c'est *ma* vie. »

Dans le ciel aujourd'hui, pas un nuage, tout est désespérément bleu. Sous cette chaleur écrasante, chaque jour ajoute sa pierre à l'édifice de l'irrespirable. À la radio que j'écoutais avec Kross, en buvant le café ce matin, ils ont reparlé de disperser en haute altitude des particules de soufre pour réfléchir la lumière du Soleil et faire baisser la température sur Terre. Cette rengaine dure depuis déjà plusieurs années, mais le ton semble avoir changé. Les Chinois auraient décidé de le faire eux-mêmes, faute d'accord commun. Lorsque je lui en parle, Khadija s'énerve chaque fois. Elle trouve délirant d'en arriver là, de travestir autant notre rapport au monde, de nous cacher du soleil derrière un écran de poussière. Kross, lui, est indifférent. Je ne sais pas quoi en penser. Peut-on s'offrir le luxe de rester assis tranquillement sans rien faire ? Tant pis, si cela ne marche pas, on aura au moins essayé, on aura eu une dernière trique de toute-puissance sur la route de l'extinction.

Je marche à petites foulées pour atteindre l'entrée du métro, direction Saint-Placide où Claudine m'attend. J'avais pourtant prévu de descendre vers le sud à pied. C'est une balade que j'ai toujours bien aimée, surtout pour commencer la semaine. Passer par l'ancien Quartier latin, malgré la saleté des rues, traverser le Luxembourg, avec ses cactus géants qui ont pris la place des platanes, m'arrêter ensuite manger un bout à l'échoppe tenue par les cousins d'Acham. C'est le privilège de soigner la famille, j'y ai une place assise et on ne m'embête pas, je peux avaler mon assiette, sans parler, les épaules collées à celles de mes voisins de table. Je n'ai malheureusement plus le temps, je sais qu'elle m'attend déjà, inquiète. Je monte dans la rame entre deux sardines suantes.

Claudine est une gentille quinquagénaire. Elle a compris que personne ne lui demandait son avis, elle s'abstient donc de le donner. S'ils pouvaient tous être comme elle. Elle me salue d'un sourire que je lui rends volontiers. Je l'aime bien, dans une autre vie, où elle n'aurait pas eu à mourir, je crois que nous aurions pu baiser ensemble. Je chasse rapidement cette pensée, ramené à la réalité par son crâne chauve et sa curiethérapie. Je l'ai connue à la sortie de l'hôpital, les médecins charcutiers s'étaient bien occupés d'elle. Un bâtonnet radioactif sur la tumeur, pas grave si cela bave sur les parois du vagin. « Il faut ce qu'il faut, vous voulez vivre ou pas ? »

Je me lave les mains tandis que Claudine s'enquiert du « dehors », c'est ainsi qu'elle appelle la vie depuis son lit. J'édulcore, ne pas lui parler d'*Absolum*, des rumeurs de rationnement, elle sera morte avant le prochain black-out, cela ne sert à rien de l'inquiéter. Elle me demande de lui mettre du maquillage pour « rester belle ». Je m'exécute. Une touche de mascara, un peu de fond de teint pour avoir bonne mine, une pointe de rouge. Elle me scrute, malgré ses joues creuses et ses cernes, elle serait presque jolie. Je remonte le drap pour recouvrir son sein droit, le seul qu'il lui reste. *Métastase*, *récidive*, ces mots n'ont plus vraiment de sens. Une grosse boule sous ses doigts, un rendez-vous, un diagnostic, un sein en moins. « Pas la peine de reconstruire, vous ne vivrez pas assez longtemps. » Je prends la tension, le pouls, note les constantes dans son carnet de suivi. Elle tremblote aujourd'hui. Elle sort un bras du drap qui la recouvre, prend son verre d'eau sur la table de chevet, en renverse une bonne moitié sur elle. « Je suis désolée. » Des larmes apparaissent. J'attrape sa main et la tiens fermement contre le verre. Les spasmes s'atténuent, la surface de l'eau s'apaise. Elle boit des petites lampées, tousse, met sa tête en arrière puis ramène nos mains jointes vers ses lèvres.

« Dites, elle sera aussi aimable que vous ? » Je rassure Claudine sur ma remplaçante. Je l'ai trouvée par le bouche-à-oreille du voisinage, une connaissance de loin, une ex-hôtesse de l'air qui traîne de jobs difficiles en misères. Elle a dit oui, sans hésiter. À soixante ans, je lui offre une position sociale inespérée et un emploi qui n'est pas si différent du précédent. « Mettez votre ceinture. » « Voulez-vous un verre d'eau ? » « Préparez-vous à l'impact. » Claudine repose sa tête sur l'oreiller. Ce qu'elle redoute le plus, ce sont les coups, la méchanceté, ce qu'on lit dans les journaux. Elle n'a rien à craindre, elle ne la verra pas bien longtemps.

J'entends dans mon dos la porte d'entrée qui s'ouvre, son mari sans doute, revenu des courses. Je le croise rarement et, si cela arrive, il baisse la tête avec cet air coupable que je connais bien. Il va chercher du réconfort ailleurs, je ne l'en blâme pas. La dernière fois que nous nous sommes croisés, lui honteux, moi en retard, il m'a interrogé, anxieux. « Il restera longtemps des médicaments ? » Il avait lu dans le journal que l'approvisionnement se faisait difficile. C'est vrai, je commence à avoir du mal à récupérer mes stocks au dispensaire, je compose avec les mauvais médicaments et les manques. Les stocks nationaux s'amenuisent avec les années qui passent, l'importation devient difficile. Bien sûr, du paracétamol pour un cancer des os, c'est utile. Mais avec modération, on ne va tout de même pas exploser les quotas annuels. J'avais rassuré le mari de Claudine, il en resterait suffisamment pour elle. Le jour où son tour viendrait, par contre, je ne pouvais pas m'avancer. Moi, je n'attendrai pas. À ma demande et avec les précautions d'usage, Kross m'a donné un vieux flingue de contrebande. Si le massacre devait débuter avant mon départ, dans la rue, pour une boîte de conserve, je me ferais sauter le caisson. Ma main ne tremblerait pas, les pillards n'auraient qu'à enjamber mon cadavre. « C'est nous, maman ! On pose les courses et on arrive. » Raté pour le mari, ce sont ses deux filles, issues d'un premier mariage. Elles passent souvent à midi, visite rituelle du parent malade pour partager ses silences. Elles sont jeunes, mariées, mères, pressées de fournir à la catastrophe son contingent de victimes innocentes. L'aînée me donne chaque fois une part de tarte aux pommes. Elle en apporte systématiquement, pour que Claudine n'en mâche qu'une minuscule bouchée, lentement, les miettes s'étalant sur les os de son visage anguleux. La fille s'approche alors de sa mère, ramasse délicatement, un à un, les bouts de gâteau.

Avant de quitter la chambre, je vois que Claudine recommence à trembler. Je lui fais une piqûre pour la calmer. Ma sacoche est presque vide, tout juste de quoi tenir la semaine qui s'annonce. Vendredi prochain, c'est le jour du dispensaire, un ultime plein et je serai libre. Encore un compromis avec ces bureaucrates engoncés pour une dernière fournée de médicaments indisponibles, et je serai débarrassé. Je récupère la part de gâteau dans l'entrée et échange des politesses convenues. Au bout du couloir en partant, je jette un coup d'œil au vieux thermomètre, vestige d'un temps où il faisait bon connaître la météo : plus de trente degrés. Je dévale l'escalier tapissé de velours vert. Nous avions pourtant tous respecté les règles du jeu et fait ce que l'on attendait de nous. Jean-René avait signé des arrêtés, voté des lois, Claudine n'avait jamais manqué le travail, ni pris plus de trois semaines de vacances d'affilée. Répondant fièrement « présents » à l'appel de la grande civilisation industrielle, sans questions, sans exigences, trop heureux d'être là et d'en profiter.

5

La voix de Kross a résonné dans l'escalier. « Jonas ! Descends ton cul vite fait ! Y a quelqu'un pour toi. » Monter ses kilos de poids lourd sur deux étages pour toquer à ma porte devait lui sembler de trop. J'ai posé mon livre, enfilé un vieux tee-shirt qui traînait, sauté dans un pantalon et suis descendu jusqu'à la réception. Kross était en pleine conversation avec Khadija. Elle portait un grand sac en bandoulière et avait mis son jean reprisé. J'ai sauté les trois dernières marches pour faire mon apparition.

« Ah, te voilà, toi ! » Elle m'embrasse.

« J'étais dans le quartier et je me suis dit que j'allais passer une tête pour te dire coucou et te présenter des copains. »

J'observe du coin de l'œil un groupe qui attend sur le pas de la porte en nous dévisageant. Ils sont six, filles et garçons, du même âge qu'elle. Comme pour répondre à ma question, la voix de Kross résonne dans mon dos.

« Oui, ils sont avec madame. »

Il a appuyé sur la première syllabe, d'un air faussement sérieux, Khadija ébauche un sourire. « Bon allez, môsieur Kross, on va vous laisser à votre hôtel et nous, on va aller boire un verre. »

Elle se tourne vers moi :

« Tu viens ? »

Le bar où Khadija m'emmène, éclairé aux lampions, me rappelle une kermesse d'école. J'imagine les bambins assemblés sur l'estrade. Orchestre, chansons, maîtresse ravie, parents émus par le génie de leur progéniture qui ne va pas tarder à prendre place au grand banquet des adultes, celui où l'on parle des choses sérieuses : profits, pourcentages, production. Nous trouvons de la place en terrasse aisément, sur les bancs disposés autour d'une grande table en bois brut. Khadija s'assoit près de moi et me prend la main, ses amis s'installent. « Vous buvez quoi, les jeunes, une bière s'ils en ont ? » Le groupe est unanime, j'en commande donc huit et allume une cigarette, cherchant à me donner une vague contenance tandis que Khadija fait les présentations. Ce sont des déshérités de la terre. Le blond, plutôt beau garçon, est agriculteur dans un de ces entrepôts géants au sud de Paris. Il connaît ce qui pousse dans la pénombre, champignons et mauvaises idées. L'autre, brune, empâtée, bosse au bordel de la place de la Nation. Elle l'a dit sans gêne, sans crainte du regard des hommes, très certainement habituée à le subir au quotidien. Le mien ne change rien à l'équation.

Le serveur dépose les pintes sur la table. J'avale une grande rasade fraîche et appuie le verre contre ma tempe en continuant à écouter. Mon attention circule machinalement d'un visage à l'autre, les gloussements et les rires me passent au-dessus. Ces jeunes, dans ce bar, me rappellent un temps étrangement révolu, celui de l'amitié, des soirées à refaire le monde, avec la certitude que nous serons toujours là les uns pour les autres. J'ai enterré des copains bien sûr, emportés trop jeunes par une épidémie, ou simplement par un coup de chaud. La plupart d'entre eux ont toutefois juste quitté Paris avec les derniers vols commerciaux, énième passe-droit accordé à ceux dont la besace est pleine. La dégradation puis la rupture des communications internationales ont fait le reste. S'ils peuvent me manquer aujourd'hui, la nouvelle de leur mort m'est au moins épargnée.

Pauvres gamins, abattus dès la ligne de départ, les générations passées ne leur ont vraiment laissé aucune chance. Eux n'ont pas connu le Paris de ma jeunesse, frémissant, éruptif. L'aventure au coin de la rue, l'avenir ouvert. Ils ont grandi dans la nouvelle géographie d'une capitale en déclin. Je balaye la terrasse du regard, le bar est presque vide, comme tous les établissements désormais. L'absence intermittente de courant les rend peu fréquentables et la bière est devenue une denrée rare. Comme tout le reste, la clientèle est venue à manquer. Paris n'est plus qu'une ville d'errants qui avancent d'un pas pressé, rien à voir, circulez ! Ses habitants ont déserté, d'abord en petit nombre, à peine quelques voitures dans la rue, des valises harnachées sur le toit. Puis, plus nombreux, des voisins qui disparaissent dans la nuit, des commerces qui ferment. La fonte des dernières glaces arctiques a probablement achevé de convaincre les plus récalcitrants. Des âmes perdues de la ville, comme moi, sont restées. Celles qui n'ont pas eu le luxe d'abandonner, ni encore l'envie, peut-être.

Je repose la pinte sur la table. Ils ont fini de se présenter, j'en suis dispensé, ils me connaissent. Ma main dans celle de Khadija en dit plus long sur moi que n'importe quel résumé bâclé de ma vie. Elle parcourt la tablée avec un mot pour chacun. Puis, elle lâche, l'air de rien, comme on proposerait une cigarette ou une partie de jambes en l'air :

« Alors, Jonas, ça ne te donne pas envie de changer d'avis, de te rendre utile ? »

Mon pied tape dans son sac sous le banc, cela fait diversion. Je jette un œil, de grands tubes en dépassent.

« Que caches-tu là-dedans ?

– Trois fois rien, des affiches, ce n'est pas très important ce que je colle sur les murs, si ? » Elle a les yeux brillants, mélange d'audace et de défi lancé, à moi, au monde.

« C'est ce que vous faisiez jusqu'à maintenant, hein, coller des tigres dans tout le quartier ? C'est pour ça que vous étiez dans le coin ? »

Khadija m'offre pour réponse son silence et un sourire. Le blond se risque.

« T'es de la police ou quoi ? On se croirait en garde à vue ! »

Les rires entendus qui parcourent le groupe dénotent l'habitude des poings levés, des menottes, des cellules et de la violence rampante qui s'y déploie.

« Rassure-toi, je n'ai rien à voir avec eux...

– Alors quoi ? rétorque Khadija.

– Je vais encore passer pour un vieux con, je marmonne, un peu pour moi.

– Ce n'est pas impossible, oui, mais maintenant que tu as commencé à parler, dis-nous ce qui te trotte dans la tête. »

Pour une fois que nous ne sommes pas seuls à la table des négociations, elle prend un malin plaisir à jouer l'atout du nombre.

« Écoutez, les jeunes, je l'ai déjà fait, j'ai eu votre âge, j'ai essayé de changer les choses. Mais juste un conseil : laissez tomber. »

Khadija semble se raidir, c'est à peine perceptible. Un peu abrupt pour une première rencontre avec ses amis, la bienveillance sur leurs visages a laissé place à une forme de circonspection.

« Ne me regardez pas comme ça avec vos têtes d'enterrement ! Tout ce que je dis, c'est que ça ne peut plus marcher à présent, les dés sont pipés, *ils*, j'insiste sur le pronom, sont trop forts pour vous... ! »

Je connais le topo, j'ai joué mille fois à l'anarchiste de comptoir, comploté les dernières heures d'un système entre deux bières, imaginé la guillotine s'aiguiser. Aujourd'hui, toutefois, j'ai passé l'âge des contes de fées. Je sais trop bien qu'ils sont prêts à tout pour un autre baril de pétrole, l'ultime transaction financière, la dernière once de pouvoir. Ils brûleront le monde, personne ne les arrêtera.

« Tu peux toujours changer d'avis, tu as le temps, tu verras bien », dit Khadija avec l'assentiment de la troupe, sans reproche, désireuse de passer à autre chose.

C'est une stratège du temps long, elle me cuisine à petit feu. Ma mâchoire se contracte, *tu as le temps*, le mensonge me reste coincé dans la gorge. Je prends sa main et la serre fort. Elle a déjà tourné la tête vers le reste de la table, parle, rigole, les mots se bousculent, les idées s'accumulent, trop nombreuses, pressées de grandir, de vivre. Pauvre Khadija, ton père est parti sans avoir le temps de t'expliquer. Tu es trop jeune, tu ne parles pas encore la langue des maîtres et des bourreaux, la victoire ne peut aller que dans leur sens.

C'était il y a deux-trois ans, je faisais le trajet jusque chez Jean-René. Une des premières visites, ce n'était alors qu'un petit cancer, pas grand-chose, une tache à la radio sur le pancréas. Les meilleurs médecins de la capitale s'étaient pressés à son chevet pour le rassurer, lui mentir. J'avais été désigné pour m'occuper de lui, une punition personnelle dissimulée sous des éloges professionnels. Dans sa rue, une manifestation était passée à côté de moi. Je m'étais collé au mur du vieux théâtre désaffecté pour laisser le cortège défiler, trop habitué aux protestations, contre tout et n'importe quoi, un impôt, une énième pénurie, le courant coupé. En face de moi, le magasin pour candidats à l'expatriation venait d'ouvrir, avec son néon pâle sur la devanture, chapelle idéale pour âmes en quête de salut. Ils étaient nombreux, la voix au mégaphone braillait. « On ne veut pas crever ! » Ils avaient une grande banderole, *Absolum*.

En franchissant la porte, Jean-René m'avait longuement dévisagé, puis avait tourné ses roulettes pour me devancer dans la chambre. « Vous avez pu passer malgré ce bordel, tant mieux ! J'ai appelé immédiatement la préfecture pour qu'ils fassent dégager la rue. C'est inadmissible, ces petits branleurs qui se croient chez eux. » Dans la chambre, il s'était levé lentement du fauteuil, s'était assis sur le lit. J'avais sorti mon tensiomètre de la sacoche, il avait déboutonné la manche de sa chemise, l'avait remontée, en continuant. « Voyez, *jeune homme*, ce genre d'âneries ne peut que nous conduire au chaos. Les factieux ne veulent qu'une chose, mettre à bas l'ordre, ruiner des années de progrès. Ce dont cette génération a besoin, c'est de discipline ! » J'avais pris la tension, rempli le pilulier, remonté l'oreiller. Jean-René avait poursuivi, hargneux : « Je suis peut-être à la retraite, mais je ne vais pas laisser quelques écervelés briser l'œuvre de toute ma vie. Vous au moins, vous êtes respectable. » Il s'était rassis dans le fauteuil et avait tiré d'une boîte un petit cigarillo. Le bruit des sirènes nous parvenait de l'extérieur, je m'en souviens encore nettement. En soufflant sa fumée par le nez, il avait ajouté à mi-voix, presque pour lui-même : « Ils vont le payer, ça c'est sûr. »

En ressortant de l'immeuble, j'avais regardé la fourgonnette remplie de ces jeunes gens condamnés comme nous tous. Les flics les avaient cueillis au bout de la rue, à coups de Flash-Ball. Moi aussi, j'avais essayé à leur âge, j'avais échoué. Comme chaque génération, j'avais voulu refaire le monde avec les copains, sauver la planète. Manifs, coups de matraques, Jean-René et les autres nous avaient vite fait comprendre qu'il fallait rentrer dans le rang. Plutôt que respectable, j'étais devenu docile. Alors que je remontais la rue, en laissant ces gamins à leur sort, j'avais entendu dans mon dos un cri de terreur. Quelques mètres derrière moi, un flic était monté chercher une gamine frêle. « Toi, descends ! » Elle avait obtempéré en pleurant. « Hé, les gars, regardez ! », avait-il dit en la tirant par ses cheveux crépus. Ses collègues hilares avaient applaudi lorsqu'il lui avait écrasé son poing dans le visage. J'avais détourné le regard et accéléré la cadence. C'était la dernière goutte qui venait déborder d'un vase déjà trop plein pour moi. Le bruit de la colère dans la rue, portée par l'envie de survivre à la catastrophe, s'ajoutait à la lourdeur du quotidien avec Isabelle. Les années s'écoulaient, le temps se dérobait sous mes pas. Jean-René avait gagné, nous allions tous y rester. Alors à quoi bon continuer à travailler, s'astreindre à boucher les trous d'un système qui ne prétendait plus faire autre chose que trier, choisir, craquer ? Je crois avoir décidé là d'arrêter et de sortir par la petite porte de l'Histoire, en choisissant l'heure et le jour. Je ne veux pas mourir avant d'être sûr d'avoir été vivant.

Khadija et ses amis applaudissent joyeusement à l'arrivée d'une nouvelle tournée. Je prends ma bière, décoche un sourire forcé. Elle trinque avec moi et m'embrasse. À eux les rêves de Grand Soir, à moi le magasin pour l'expatriation. Pas de produits exotiques pour riches exilés d'un lointain pays là-bas, seulement des tentes, un réchaud à gaz, un vieux duvet, des graines, le nécessaire pour partir à pied, remonter vers le nord, tenter sa chance. Comme toutes les semaines, je vais repasser devant avant d'aller changer la perfusion du vieux. Bientôt, je pourrai ralentir devant l'échoppe, entrer, dire bonjour, m'intéresser aux spécifications techniques, pointer du doigt tel équipement, vider l'épargne patiemment constituée. Je connais le chemin, je l'ai répété mille fois.

Je partirai au matin pour croiser le moins de monde possible. D'abord, à pied, tout droit jusqu'à Lille, longer l'ancienne autoroute, puis traverser la frontière, tellement poreuse que cela ne devrait pas poser de problème. Avant d'atteindre ce qu'il reste d'Amsterdam, j'arriverai dans le camp des réfugiés qui s'agglomèrent à l'entrée de la ville. D'Italie ou du Portugal, ils ont cette tête désespérée, je ne ferai pas tache. Après un peu de repos, je pourrai récupérer un carton de ration de survie distribué par les ONG. Puis, je retrouverai le passeur. Il faudra fermer les yeux, faire confiance à l'embarcation pour éviter de couler en mer du Nord, contourner les navires de patrouille. Je vois déjà l'aube claire dans les marais d'Amsterdam qui occupent aujourd'hui les anciens canaux de la ville. J'ai de l'eau jusqu'aux genoux, j'ai froid. Un gamin sert de guide, il écarte les bambous d'une main habituée et dévoile un vieux Zodiac, solide, fidèle, prêt à un énième voyage. Nous montons à bord, une famille m'accompagne, ils ne parlent pas. Le moteur démarre, nous avançons lentement entre les bâtiments décrépis. Le soleil s'est levé, la chaleur monte et me réchauffe. Je plisse les yeux sous la lumière. Au bout de l'estuaire, le Zodiac tourne doucement, cap plein nord. Le moteur accélère. Nous sautons de vague en vague. Je serre mon sac et m'accroche à une aussière. La berge a disparu. Bientôt, devant, un nouveau territoire apparaîtra, vert, presque tiède, épargné pour quelques années encore. Quelques décennies, au mieux, c'est tout ce que nous pouvons espérer, cette Terre et moi.

6

« Chacun son tour, ne poussez pas ! » Les mines blêmes et circonstanciées des fonctionnaires du dispensaire ne vont pas me manquer. « Oui, je sais bien, monsieur, mais c'est la même chose pour tout le monde. Ah non, il est midi, on ferme, là. Oui bah, il faudra revenir demain, monsieur. On a tous nos problèmes, vous savez. » Je patiente depuis deux heures, debout. Un laps de temps suffisant pour regretter ma soirée d'hier et cette sale gueule de bois. En dépit de mes trop nombreuses pintes avec Khadija et sa bande, Kross a tenu à notre rituel du soir. Il a ouvert un whisky à mon retour, je n'ai pas eu le cœur de le lui refuser. J'ai passé la nuit à tanguer sur le matelas affaissé.

Un des employés remonte la file d'attente de l'autre côté du cordon rouge qui sépare nos deux mondes. Je le connais vaguement à force de venir quêter ici. Au moment où il passe à mon niveau, je lui attrape le bras. Il amorce un mouvement de recul puis me reconnaît. « Ah, c'est vous. » Je ne sais pas s'il est déçu ou rassuré, sans doute un peu des deux. « Oui, c'est moi. J'ai besoin de cette ordonnance et, vu le monde aujourd'hui, il n'y aura rien d'ici à ce que j'atteigne le comptoir. » Il m'observe, avec mon papier chiffonné, visiblement embêté. J'insiste, sans lui lâcher le bras. « Allez, je raccroche dans une semaine. C'est la dernière fois que vous me voyez. Soyez sympa. » Le gratte-papier finit par me laisser passer sur le côté. Nous partons ensemble dans le back-office. Les quelques autres dans la queue me regardent, incrédules, j'imagine qu'ils me souhaitent de me prendre un bus ou un coup de couteau. Peu importe, ils n'ont jamais été mes amis : mes patients d'abord, c'est cela la médecine contemporaine.

Quand j'étais élève infirmier en stage ici, j'ai remonté d'innombrables fois le couloir réservé au personnel. Les hôpitaux se mettaient déjà en grève pour obtenir davantage de moyens. Je ne pensais pas que le délabrement atteindrait un tel point : murs dénudés, fils apparents, ampoules claquées. Nous arrivons devant une lourde porte blindée. La sécurité est la seule chose qui fonctionne mieux depuis. Deux gros Noirs, équipés d'un fusil d'assaut, me reluquent de haut en bas. Je ne dois pas représenter une menace suffisante pour les inquiéter. Ce qu'ils redoutent, ce sont les pillards ou les camés qui veulent le stock stratégique de médicaments. Le plus costaud des deux me sourit, je lui rends un rictus. Le système ne tient que grâce à ces deux gaillards. Le jour où ils l'auront compris, lorsqu'ils se rendront compte que ni eux ni leurs mères n'ont les mêmes droits que nous sur le coffre, je ne donne pas cher de notre peau.

L'employé compose une combinaison qui n'en finit pas. J'ignore comment il peut la retenir, ce doit être un génie des nombres. Lui et ses collègues sont tous les mêmes, pointilleux à souhait, comptant méticuleusement les ordonnances, les pilules, les boîtes. On entre dans la chambre forte, il referme derrière nous. « Alors, faites voir, qu'est-ce qu'il vous faut ? » Je lui tends la feuille d'ordonnance reçue ce matin chez moi. « Ah merde... ils font chier ceux-là... » Je sais très bien ce qu'il se passe. Les médecins sont une noblesse, une chevalerie en faveur de l'orphelin et de la veuve, ils n'en ont rien à faire que les médicaments prescrits soient inutiles ou indisponibles, avec la biorésistance, la disparition de la plupart des plantes médicinales, et l'effondrement des chaînes de production. Ils continuent de prescrire comme on leur a doctement appris, se fiant à des manuels datés, caducs avant d'être écrits. « Bon, je pense qu'on peut compenser avec du... » Je n'écoute pas vraiment le nom des molécules, je sais déjà qu'il va me faire un mauvais cocktail pour remplacer un seul bon médicament. Plus rien, presque, n'est importé. Les rares produits synthétiques de qualité, plus chers, sont réservés à ceux qui peuvent se les offrir. Pour les autres, il faut se contenter des dérivatifs fournis par l'État. Entre quotas et déremboursements progressifs, cela a au moins accéléré la sélection sociale.

« Voilà, c'est bon pour vous ! »

J'entrouvre le sac qu'il me tend, il n'y a pas le quart de ma prescription. Et débrouillez-vous ensuite pour faire face aux manques, pour obtenir ce qu'il vous faut en plus, pour le facturer au black à vos patients, pour rentrer dans vos frais.

« Non... mais vous déconnez. Je suis censé faire quoi, moi ?

– Ce n'est pas mon problème, répond-il d'un ton sec.

– Et y a peut-être moyen de s'arranger ? »

Je décide de tenter mon coup habituel, esquissant un sourire du bout des lèvres pour susciter sa sympathie. Mon offre de corruption n'a pas été bien comprise. Avant que j'aie pu saisir mon portefeuille ou dire quelque chose, le type m'attrape par la nuque et m'attire à lui.

« Je pense qu'il y a moyen, ouais... T'es plutôt mignon. Je t'ai remarqué et je t'ai vu me zieuter aussi. On fait donnant-donnant ? »

Il pose sa main sur le zip de sa braguette. Je le repousse d'un coup sec, ce connard perd son équilibre et tombe sur les étagères, embarquant dans sa chute un tas de boîtes. Alertées, les deux grosses baraques ouvrent la porte. Je suis stupéfait : ils ont le code également, leur soumission dépasse l'entendement.

J'ai à peine le temps de prendre mon sac que je suis escorté vers la sortie. Je repasse devant les collègues. Dehors, le plus costaud m'explique qu'il y a des règles. Il me demande de faire suivre mon dossier dans un autre dispensaire. Le transfert prendra quinze jours minimum, je ne serai plus en activité d'ici là. Malgré tout, je vais le faire pour ma remplaçante, cela ne va pas lui faciliter son début d'activité, la pauvre. Elle pourra toujours revenir ici, supplier peut-être. C'est ainsi que cela a toujours marché : au culot, pas au talent ni au mérite. En attendant, je n'ai qu'un substitut de paracétamol et je dois faire tenir mes patients encore quelques jours. Je sors mon téléphone de ma poche, compose le numéro de Marty, ça sonne.

Marty a l'air glauque des mecs qui consomment trop, mais il me dépanne, il est ingénieux et, souvent, même drôle. Il décroche. Il a une voix à vivre dans un appartement minable, une prostituée dans un fauteuil défoncé, des restes de dope sur la table basse. Il cache cependant bien son jeu. Il vit planqué avec sa femme dans la périphérie ouest, au sein d'une petite communauté autonome protégée, des hauts murs, une milice bien payée, sécurité et piscine privée. Pour financer ce train de vie, il vient régulièrement à Paris vendre sa came. Au-delà du gain, sans doute aime-t-il le risque, ne pas raccrocher de sa vie de dealer tout de suite, sortir du bastion, croiser les flics. Surtout je crois qu'il a, au fond de lui, un goût de l'évasion hérité de ses années de taule, un vrai sens du service public. Une fuite en gélules, accessible à tous, pour les camés qui ne vivent que par lui, pour les infirmiers bouchant les trous comme moi. C'est cela qui pousse Marty à continuer : ouvrir des brèches dans l'ordre établi, pilule par pilule, une bouche à la fois. Sa voix me ramène à la réalité.

« C'est qui, putain ? Je vais te buter ; tu m'entends ?

– Oh ! Marty, c'est moi, Jonas. T'es perché ? Je te réveille ?

– Putain ! (Il souffle au bout de la ligne.) J'ai cru que c'était un client mécontent qui avait trouvé mon numéro. T'imagines pas les tarés que je me coltine la journée.

– Si, j'imagine bien... Je vois tes prodiges dans la rue tous les jours. Moi non plus, je n'aurais pas envie qu'ils aient mon numéro – je l'entends pouffer.

– Bon, t'as pas appelé pour parler clients, j'imagine. Bientôt les grandes vacances ?

– Non en effet. Il faut qu'on se voie, Marty. En plus je suis à sec et j'ai des visites jusqu'à vendredi. J'ai besoin d'une livraison en express. Un truc costaud, planant.

– Ça marche. Je suis sur Paname, là. Tu es libre dans une heure ? Je te fais le tarif sécu. »

Sa blague habituelle m'arrache un sourire. Cela a beau être la centième fois que je l'entends, je ne m'en lasse pas.

En raccrochant, je me rappelle des subterfuges que nous mobilisions, étudiants, pour commander de la drogue. Le frisson d'illégalité en croisant le dealer. Les soirées où un pochon passé dans le calbute et avalé en douce sur le *dance floor* faisait trembler le système. Apprentis délinquants, dansant la nuit, avant de rentrer tranquillement dormir chez eux. « S'agirait d'être frais pour potasser nos cours. »

Marty m'attend, impérial avec sa cour de camés. Son vieux jogging lui donne des airs de sportif du dimanche. Il me repère de loin et lève un bras. Je le rejoins en foulées, évitant sans mal ses adeptes. Il me tend une enveloppe. Pas la peine de l'ouvrir, je lui fais confiance. Marty a davantage de morale que ceux chargés de régenter le monde, il ne m'a pas volé une fois en cinq ans de coopération. Glauque mais honnête, il pourrait en faire un écusson.

« Tu vas encore arroser tes patients avec ça ? Fais gaffe, tu vas finir en taule. »

Avec ses grands yeux de crapaud, on dirait presque qu'il se fait sincèrement du souci pour moi.

« Faudrait qu'il reste quelqu'un pour les autopsier », je lui réponds en espérant que le trait d'esprit le fasse rire.

J'ai vu juste, il s'esclaffe, découvrant ses chicots.

« Tu veux boire un coup, Jonas ?

— Allez, je t'invite, je te dois bien ça ! »

Nous nous asseyons à une terrasse donnant sur le canal. De loin, ses clients s'assurent qu'il ne va pas disparaître. Les lavandières sont au boulot, le long de l'eau, sous le soleil de midi, penchées à demi comme des madones, lavant les slips et les chaussettes des marmots des autres, des Jean-René, de ceux qui vivent un peu. La serveuse nous tend une carte pour deux. Un Post-it aurait suffi vu le peu de choix proposé. Je prends une bière à l'épeautre, Marty une vodka double.

« Jolie, dit-il tandis qu'elle s'éloigne.

— Oui, vite fait.

— Tu sais, fais gaffe. »

Il s'est approché de moi.

« À quoi, à la bière ?

— Non, à l'enveloppe. C'est costaud, hein, tes petits vieux, ils pourraient être secoués.

– T'es mignon, Marty, mais je sais doser maintenant.

– Ouais, mais là je n'ai pas eu le temps de couper. Donc vas-y mollo.

– Noté. En même temps, ça me fera moins de travail pour les derniers jours. »

Je fais mine de m'écrouler sur ma chaise, la langue pendante, Marty glousse. Son rire est communicatif, un frisson de bonne humeur me parcourt.

« Bon, sinon, pour ton départ (je me redresse pour l'écouter attentivement), c'était pas facile mais j'ai pu me rancarder.

– Et alors, ça donne quoi ?

– Je t'ai enfin trouvé un type fiable... pour ce que ça veut dire là-bas. Passer au nord, c'est une entreprise en plein boom et beaucoup de boîtes disparaissent pour éviter les clients mécontents qui ont perdu le fiston ou la maman en route. Ce n'est pas facile de trouver quelqu'un qui veut bien en parler, prendre en charge. La plupart des candidats se pointent juste sur une plage et s'organisent avec un des gus sur place, pour finir embarqués dans une piscine gonflable avec deux rames en plastique. Tu as des goûts de luxe en fait. »

Il fouille dans la poche de son survêtement, me tend un papier plié sur lequel je devine un numéro. J'attrape la feuille.

« C'est le propre de l'âge, Marty : je m'embourgeoise. J'ai besoin de confort, de petites habitudes qui rassurent, de la certitude que tout ira bien.

– Il n'y a pas de certitude au bout du fil, mon pote. Juste un passage, il vaut ce qu'il vaut. »

Il s'arrête et me regarde. Sans doute imagine-t-il que je méconnais les risques de la traversée, que je surévalue mes chances de succès à l'arrivée. Il se gratte l'oreille, je connais ce geste, trace de nervosité.

« Quoi, Marty, qu'est-ce qu'il y a ? »

L'oreille rougit.

« Sérieusement, vieux, on en parle depuis des mois, et là, ça y est presque. Ça ne te fout pas les jetons ? »

Il me fixe.

« Un peu, oui. On n'est jamais aussi prêt qu'on le voudrait, il manque toujours un truc, il y a des imprévus. Mais je n'ai pas le choix, Marty. C'est ça la différence entre nous, je ne peux pas continuer ici. (Il hoche lentement la tête, attentif, concentré.) Je n'en ai plus la force, tu vois, cela ne sert à rien d'écoper un bateau qui prend l'eau. J'ai trente-sept ans, Marty. Il me reste quoi, vingt ans en bonne santé, au mieux ? Il est peut-être temps de vivre pour moi, non ? »

J'avale une grande gorgée et je pointe mon doigt vers le bord de l'eau.

« Tu vois les meufs là-bas ? »

Il pivote pour regarder dans la direction que j'indique.

« Les nettoyeuses ?

– Oui. Au fond, on fait la même chose. On essaye de tenir à bout de bras un monde qui craque, on nettoie pour les autres, on fait le propre autour de nous. On se tue pour rien. Sauf que moi j'ai décidé d'arrêter, avant d'avoir le dos en miettes comme elles.

– Ouais, je comprends... Ça va juste me manquer, nos rendez-vous. T'es plus sympathique que la moyenne de mes clients. Mais t'inquiète, hein, je ne vais pas chialer !

– Réciproquement, Marty.

– Allez, je t'emmerde pas plus, Buddy, à ta nouvelle vie ! (Il tape son verre contre ma bière et reprend.) Tant que tu ne deviens pas flic, tu sais, moi, tout me va ! »

Nous explosons d'un rire sonore, puis je vide ma bière d'un coup. Mon regard croise celui d'un client qui reluque la serveuse. Il me fait un clin d'œil avec cette complicité qu'ont les hommes entre eux. Je sais ce qu'il me dit. « Elle est bonne, hein ? » Cette certitude d'être du bon côté, que l'humanité est divisée en deux parts, les bâtisseurs d'empire et les conquises. Oui, c'est sûr, mon vieux, elles n'attendent que cela, s'offrir aux vainqueurs, laver leur linge, porter leurs enfants. Ce regard, je le connais depuis longtemps, depuis avant la puberté déjà, avant la première fille. Cette fierté du chef de bande au lycée, le premier à avoir « niqué », racontant à mots couverts, entre deux cigarettes volées à papa, qu'il l'a « défoncée ». La jalousie des garçons de mon âge, qui se rapprochent, écoutent avec ferveur et dévotion. Je me suis souvent demandé ce qu'elles se racontaient, elles, à quinze ans à peine, apprenant vite la langue de la soumission que la société attend d'elles. Se faire « défoncer » et en être fière. J'aurais aimé en voir une se détacher du groupe, remonter la route à bon pas, se planter devant ce chefaillon, le gifler, si fort que, là-haut, les anciens auraient senti le séisme.

Sirotant son verre, Marty pianote avec ses doigts sur la table. Encore un signe de nervosité. Je pousse ma bière vide d'un revers de la main et me penche en avant vers lui.

« Et sinon toi, ta femme, la grossesse se passe bien ?

– Ça va, enfin, je crois.

– Tu crois ?

– Le gars, là, le toubib, je n'ai rien contre eux, hein, tu le sais, il dit que ça va bien, mais je ne le sens pas. Tu vois, le premier, il bougeait tout le temps dans son ventre. Le gamin, on aurait dit qu'il courait. Bam, Bam, il la réveillait au milieu de la nuit. Là, il bouge à peine. Alors je m'inquiète.

– Mais le médecin dit que c'est bon ?

– Ouais, ouais. »

Il hoche la tête et déglutit bruyamment.

« Alors fais-lui confiance, Marty. Jusqu'à preuve du contraire, lui fait naître des enfants, toi tu vends de la drogue. Chacun son job ! »

Je sais qu'à ce moment, sans doute plus que jamais, il me fait confiance. Toute l'autorité médicale s'exprime à travers moi, une bouteille vide sur la table, une enveloppe de crack dans la sacoche.

7

Jean-René est mon dernier patient du lundi, les jours s'accélèrent, l'attente ne se compte que sur les doigts d'une main, pour nous deux. En passant la porte de son appartement cet après-midi, je sens que quelque chose ne va pas. Il règne un calme, une atmosphère. L'enveloppe que Marty m'a remise vendredi ne lui sera d'aucune utilité, ce vieux fumier a fait la mort buissonnière. Je le trouve à demi vautré, la tête au sol, les jambes en l'air. Il a dû essayer de s'extraire du plumard. J'ai vu cela trop souvent, le dernier sursaut, l'envie de se recoiffer, de mourir debout. C'est l'affaire d'une fraction, *avant*, la vie, les souvenirs, les histoires, *après*, le grand silence. Pour lui ce temps s'est étiré, il a dérouillé. Visage contracté, bave aux lèvres, bouche ouverte et crispée, une main se tenant à la rambarde du lit.

Les deux aides-soignantes sont en retard, je les attends en fumant une cigarette sur le canapé pour couvrir l'odeur qui se répand, âcre, entêtante, passant des poumons aux tripes. Que reste-t-il de lui, maintenant ? Un bel appartement, dans un immeuble en pierre de taille, velours sur les marches en marbre, des meubles anciens, l'horloge à coucou du salon, des photos dans des cadres dorés, des lettres manuscrites à l'écriture fine. Bientôt, ses héritiers vont vendre les résidus de sa vie à bas coût, à qui en veut bien. Ils vont prendre ce qu'il y a de cher, balancer le reste. Un cri. Elles ont dû arriver sans que je les entende. J'ai toujours détesté ce moment où elles feignent d'être surprises et tristes à la fois. Nous savions que Jean-René allait mourir. Pas la peine de surjouer le dramatique de la situation, de faire les vieilles mammas italiennes sur des tombes de Sicile. Je signe rapidement le certificat de décès, cette partie du job est devenue facile. Attendre qu'un médecin se déplace pouvait prendre des jours. Ils étaient peu nombreux, occupés, importants, les morts pouvaient bien patienter. Maintenant, deux croix, « décès naturel », « autorité qualifiée », c'est réglé : Jean-René est officiellement mort. Il a finalement bien respecté le protocole, il a été dans les temps – de quoi être fier.

Je n'ai pas le courage d'attendre l'arrivée des Disposeurs. Avec la nationalisation des pompes funèbres pour faire face à la surmortalité, la touche de luxe qu'offrait le secteur privé a disparu. Les croque-morts avaient une élégance, un style bien à eux, obséquieux : « Oh oui, bien sûr, votre pauvre papa. Quelle perte ! Ah, quel drame... Chêne ou sapin ? » Les Disposeurs, eux, n'ont jamais le temps, ils sont efficaces, brutaux. Il faut souvent les attendre pendant des heures, les deux Saintes Femmes qui se blottissent l'une contre l'autre dans la cuisine vont devoir s'en charger.

Je remonte lentement la rue de Vaugirard. La nuit tombera d'ici deux heures, mais le soleil tape encore. En tournant dans une ruelle pour me mettre à l'ombre, je vois arriver de loin le camion benne. Ils n'ont finalement pas traîné, dernier privilège concédé par l'existence à Jean-René. Avec sa mort, ma journée s'achève plus tôt que prévu, l'occasion d'une dernière promenade dans les beaux quartiers. Je traverse la Seine, son cours est bas, pire que l'année dernière. Le dôme des Invalides se dresse devant moi, permanence, éternité, ces symboles des vieux États qui prétendaient régenter le monde à notre place. Sur les Champs, une brigade patrouille, le pas lent, le gilet impeccable, le fusil bien en vue. Les militaires s'arrêtent devant une large affiche, l'enfant sur le dos d'un tigre, *Absolum*. L'un d'entre eux pose son fusil au sol, sa main contre le mur, il l'arrache. Pas de cela ici, ils n'ont qu'à les coller ailleurs, au-delà du périphérique. Ici, ce sont des lieux de pouvoir, des ministères, ici on décide des grands arbitrages qui règlent le destin du monde, avec rigueur, rationalité et bon sens.

Sans y penser, je suis arrivé dans la rue de Khadija. Je sonne à son interphone, j'espère qu'elle est là, le lundi elle reste souvent tard au travail. Un bip métallique résonne dans le hall, je monte. Elle entrouvre légèrement la porte, dans le couloir, l'ombre d'un type se dessine. Il est grand, presque squelettique, cette tronche malade qui ne trompe pas. S'il ne le sait pas, il le découvrira bien assez rapidement.

« Jonas, qu'est-ce que tu fais là ? me demande-t-elle, étonnée.

— Je passais dans le coin... j'ai pensé à te faire la surprise. Je tombe mal peut-être, dis-je en pointant du menton le type qui s'est approché, par-dessus l'épaule de Khadija.

— Non, pas du tout, on allait se réunir, mais tu es le bienvenu (elle se retourne), Edmond, je te présente Jonas, c'est l'infirmier dont je t'ai parlé.

— Ce n'est pas mon vrai nom, mais je l'aime bien, dit-il en me tendant la main.

— Moi, c'est mon vrai nom, mais je ne l'aime pas. »

Je lui réponds en essayant de tenir sa poigne, le type a beau être maigrichon, il serre fort. « Khadija, tu m'expliques en deux mots ?

— Edmond, tu nous laisses un moment ? »

Il opine et passe dans le salon. Je suis seul dans le couloir avec elle.

« C'est qui, ce type ?

— Un ami, pas ce que tu imagines. On attend quelques personnes, tu peux rester si tu veux.

— Un ami, mais tu le connais d'où ? »

Je sais que je n'ai pas le droit aux réponses, que le statut de notre relation ne m'y autorise pas. Je les exige avec aplomb, pourtant.

« Du boulot, c'est un ancien collègue, je te raconterai... Écoute, ne pose pas trop de questions, tu n'es pas obligé de rester. »

Khadija me fixe, circonspecte.

« Mais de quoi parles-tu ? »

Je fais l'idiot.

« Tu le sais très bien, Jonas. Je te l'ai dit. Je ne vais pas passer ma vie à attendre que les choses s'arrangent d'elles-mêmes. À un moment, il faut agir. »

Être idéaliste à vingt-quatre ans, je le comprends, coller des affiches passe encore, mais là ça va trop loin. Ses idéaux ne vaudront rien devant une matraque ou un tribunal. Ce n'est pas parce que notre histoire est condamnée que je suis indifférent à la seule part de vérité que l'on doit aux êtres qui traversent nos existences, les prévenir de la mort. Je la dépasse, remonte le couloir, déboule dans le salon sous les poutres pour faire face à Edmond.

« T'es dans *Absolum* ? »

Il m'observe, stoïque, en feuilletant lentement un petit dossier. Khadija m'a emboîté le pas, elle a les bras croisés, semble attendre. Edmond referme sa pochette, la pose sur la table et me dévisage.

« Qu'est-ce que ça impliquerait pour toi ?

– Je ne sais pas, des camions brûlés, des affiches partout. La promesse d'une illusion. Alors (je m'appuie contre le mur et prends une voix innocente), vous allez parler de quoi ? »

Edmond plonge ses yeux dans les miens.

« Khadija m'a dit que tu étais infirmier ?

– Pour quatre jours encore, oui. Et alors ?

– Donc, répond-il, le sourire en coin, tu as l'expérience du réel pour quelques jours de plus, non ? Rien ne te choque ?

– Si, bien sûr, comme chacun, tout me choque. Mais tu veux y faire quoi ? Tout faire péter à coups de grandes idées ? Reprendre la Bastille ? »

Il souffle, jette un œil en direction de Khadija, manière de dire à mon propos *c'est vraiment le mec dont tu m'as parlé ?*, puis replonge ses deux noisettes dans les miennes.

« Dis, Jonas, puisque c'est bien ton nom, j'imagine que certains de tes patients ne sont pas trop mal nés. Je veux dire, ils sont Blancs, fortunés ou du moins pas trop pauvres, non ? (J'opine de la tête, Edmond poursuit.) Et ils sont allés voter, élection après élection. L'air est plus respirable peut-être ? Ou alors, l'hiver revient ?

– Quel est le rapport ? Il est trop tard pour demander des comptes aux agonisants, tu ne crois pas ?

– Le rapport ? Je vais te le dire, à moins que tu ne préfères le faire, Khadija ? (Elle l'invite à continuer d'un mouvement de la main.) Le progrès, c'étaient des miettes. Qu'est-ce qu'on y a gagné ? Le droit de fermer notre gueule, de consommer de la merde, de dire merci pour une bagnole en s'endettant sur vingt ans. Et maintenant qu'ils ont foutu le monde en l'air, on devrait partir, s'effacer, migrer encore, s'excuser d'être là ou attendre de crever sans rien dire ?

– Et vous pensez vraiment faire mieux ? je réponds, excédé. Vous croyez vraiment que les beaux jours vont revenir ? Mais tout le monde crève, putain ! Riche ou pas, coupable ou innocent, ils y passent, c'est trop tard. Vous avez dix ans de retard ! »

Une étincelle brille dans les yeux d'Edmond.

« C'est une bataille pour la survie, tu ne comprends pas ? On ne veut plus vivre, c'était le boulot de la génération d'avant, ça, et maintenant on doit se démerder avec leur échec. Non, on veut *juste* survivre. Et pour ça, il faut agir maintenant. »

Je fais face à Khadija.

« Sois sérieuse, vous allez finir en taule, si vous ne vous faites pas simplement exécuter. C'est fini. Ça ne sert à rien. Il n'y a plus de forêts, plus de glaciers, plus d'animaux. »

Elle se rapproche de moi, écarte les bras, poings serrés, prête à faire trembler le monde.

« On ne va pas se regarder partir en lambeaux sans rien faire ! L'illusion, ce n'est pas nous, c'est eux. »

8

Malgré nos désaccords de l'autre jour, je suis revenu ce soir chez Khadija. Je n'arrivais pas à dormir à l'hôtel, j'ai réussi à prendre un des derniers taxis qui circulait encore à minuit. En regardant les rues obscures défiler sous mes yeux, je me suis rappelé tous ces moments vécus, ces tranches de vie, d'ignorance, de plaisir, d'espoir. Lorsque j'attendais une nouvelle journée chargée, la perspective d'un dîner, le trajet du matin, lorsque j'avais l'impression d'être utile, le goût d'être là. Le taxi s'est éloigné du quartier de l'hôtel, s'enfonçant dans les ruelles en hauteur, charriant à chaque carrefour son lot de souvenirs. Je n'imaginais pas à quel point une ville imprime sa trace intime. En fermant les yeux, j'ai passé en revue la longue liste des patients partis, des gamins morts, des vieux que personne ne visite jamais. Dernière nuit d'infirmier, le grand bond vers l'inconnu. Je quitte près de vingt ans de ma vie, sans faire de bruit. Khadija m'a ouvert, sans reproche, et nous avons fait l'amour. Elle dort maintenant près de moi, d'un sommeil lourd comme je n'en ai pas connu depuis longtemps. Moi, je me réveille régulièrement, mes insomnies se sont accélérées ces derniers jours. J'écoute sa respiration, lente et calme, je m'y accroche pour dormir un peu.

Je finis mon café tiède dans la cuisine, la table du salon est jonchée de verres et d'assiettes, les traces d'une nouvelle réunion. Khadija passe à côté de moi, se sert une tasse, s'assoit sur le rebord de la gazinière et me met un coup de coude.

« Alors, prêt à refermer la grande expérience de ta vie ? Fini les culs à torcher et la misère. Bénis soient les aveugles ! (Elle rit.) Tu sais, Jonas, je ne vais pas passer mon existence à baiser tandis que le monde tombe en morceaux. Il est temps d'arrêter le carnage et de riposter. »

Elle ne fait pas semblant de vouloir me rassurer.

« Que voudrais-tu, Khadija ? Je veux dire, si là, maintenant, je te laissais le choix et que je pouvais te donner ce que tu veux ? »

Elle saute de la gazinière, et va vers le salon, ramasse des verres et revient, je m'écarte pour qu'elle les pose.

« Ça dépend de quoi tu parles : cul, carrière, pognon...

— Ce que tu veux, je te dis !

— Alors... (elle réfléchit rapidement, lève les yeux au ciel), je demanderais plusieurs vies.

— Classique, la vie éternelle, c'est la mode !

— Non, pas du tout, Jonas, c'est le contraire, je n'ai aucune envie de la vie éternelle. Poursuivre dans le même corps, les mêmes contraintes, aucun intérêt. Je voudrais avoir la certitude de refaire l'expérience, ailleurs, autrement, garçon ou fille, peu m'importe. Mais juste pouvoir – non, savoir que je pourrais – refaire cette expérience. Que ce ne soit pas juste une fois. Une fois, ce n'est pas assez. »

Je passe au salon, m'affale sur le fauteuil.

« Tu vois, finalement, on n'est pas si différents. »

Elle ne relève pas, déjà trop occupée à sa journée. J'allume la télévision. Elle va s'habiller dans la chambre. À l'écran, un type poupon blablate sur les nouvelles mesures du gouvernement, interdiction de la vente de viande de bœuf, reconversion des terres d'élevage pour l'agriculture biologique. C'est formidable, n'importe quel programme écolo du début du siècle se retrouve maintenant dans la bouche des conservateurs, élus par les rares qui prennent encore le temps d'aller voter, par les crétins qui prétendent toujours que leur voix changera quelque chose. Je me tourne légèrement pour la regarder brosser ses cheveux avec soin. Le type à l'écran continue à bavasser, j'entends Khadija remonter la fermeture Éclair de son pantalon. Deux doigts entre mes lèvres, je siffle, admiratif, elle relève la tête. Son sourire fait de certitudes, de continuité, de confiance me renvoie à ma solitude. Elle est là, radieuse, conquérante, déjà en train de s'effacer de ma mémoire, sans même le savoir. Je sens un picotement au coin des yeux et tourne la tête pour me concentrer sur la télévision. Le visage du présentateur se décompose, son air hypocrite cède la place à un rictus de peur. Le reportage est interrompu, un grand bandeau rouge ceint l'écran. *Breaking News*. Nous aurons définitivement tout pris aux Anglo-Saxons : la machine à vapeur, la précarité du travail, les crises financières, les expressions pour la télé. « Charles Grant, patron de Tonsanto Europe, abattu devant son domicile à Paris... » Je monte le son. « Il venait d'entrer dans sa voiture de fonction, devant chez lui, lorsqu'une moto a fait irruption sur l'arrière gauche du véhicule avec deux hommes à bord. Le passager du deux-roues a ouvert la portière et a tiré à quatre reprises sur M. Grant. Touché à la tête, il n'a pas survécu à ses blessures. Le conducteur n'a pas été blessé. Une enquête de police a été ouverte pour déterminer les éventuelles complicités et interpeller les auteurs de l'attentat contre M. Grant qui... » Khadija a coupé le son.

« On ne le pleurera pas, dit-elle doctement.

– Non, mais...

– Maintenant, ils comprennent qu'ils peuvent crever comme nous, derrière leurs vitres blindées et leur clim' ! m'interrompt-elle.

– Tu exagères. Le mec est simplement patron. D'accord la boîte est dégueulasse, mais ce n'est pas sa faute à lui. Il gère les conséquences, c'est tout. »

Elle s'assoit en travers de moi sur le fauteuil et me prend le menton.

« Arrête de te mentir. Quand t'avais mon âge, ils avaient déjà tout. L'argent, le succès, et même si tu te rates, ne t'inquiète pas, tu auras l'héritage pour te sauver la peau. »

Je la repousse et me lève. Elle continue.

« Et nous, les Arabes, les Noirs, les Blancs d'en dessous, on avait la misère (elle pose son doigt sur mon torse), ah non, pardon, on avait la *méritocratie*.

– Et alors quoi ? Tu découvres seulement maintenant que tout le monde n'a pas les mêmes chances dans la vie ? Réveille-toi, Khadija, ça a toujours marché ainsi.

– Justement, c'est bien le problème... Tu as eu quoi, toi, à part des promesses creuses, des incantations, des prières ? Vas-y, Jonas, si tu veux tu peux, deviens un grand médecin. Range-toi dans la ligne de départ avec les autres, ils n'ont que cinquante mètres d'avance, ce n'est pas grand-chose, et puis tu cours vite.

– Je ne voulais pas être médecin, tu le sais très bien. C'est malhonnête...

– Non je suis très honnête, Jonas (elle relève la tête et me toise), ce n'est pas si grave d'être fils d'ouvrier, ce n'est pas une tare, rien n'est joué d'avance... tu pourras te réinventer plus tard, n'est-ce pas ?

– Khadija, ce n'est pas la faute de ce pauvre type.

– Ah si, Jonas, si, c'est sa faute. Parce que lui, non content d'un système qu'il défendait, crois-moi, il le défendait vraiment, il a tout saccagé.

– Tout le monde a sa part du désastre...

– Certains en ont davantage ! Ça ne leur suffisait pas d'avoir le monde et une armée d'esclaves, il fallait qu'ils nous privent d'air pur, qu'ils nous fassent crever sous la canicule. Ces gens sont des ordures, Jonas. (Elle guette une réaction, poursuit son argumentaire.) Il n'y a plus assez de place sur Terre pour eux et pour nous. Alors oui, faut faire le ménage, et si on doit le faire de cette manière, ça me va. Ils ont assez profité. (Elle me passe les bras autour du cou et m'embrasse, j'essaye de me débattre mollement, elle fourre sa tête contre mon épaule.) Eux ou nous, Jonas. »

Je reste un moment hagard. Ce « nous » dont elle use n'existe déjà plus. Khadija ne voudrait jamais partir avec moi, et je ne le lui demanderai pas. Bientôt nous ne serons qu'une ombre, le vague souvenir d'une nuit de tendresse, l'écho indistinct d'un moment de bonheur, un vieux relent d'inachevé. Rien de plus ne subsistera. Le temps file déjà, les petites habitudes construites ensemble se disloquent. Khadija, pourquoi engages-tu tes vingt-quatre ans là où je ne peux les suivre ?

J'avais planifié l'ordre de ma tournée d'adieux. D'abord, Acham, je savais que ce serait difficile. Je l'ai trouvé triste, je l'ai laissé boudeur, il m'en veut, je n'y peux rien. J'ai gardé Claudine pour la fin, prendre le temps de la rassurer, saluer ses filles si elles sont là. En ouvrant la porte de sa chambre, je marque un temps d'arrêt. J'espérais lui dire au revoir en meilleur état. Sa poche urinaire est pleine de sang, elle a la mine jaunâtre et tousse beaucoup. Avec la chaleur dehors, elle transpire abondamment. Elle parvient à peine à me dire bonjour. Je lui fais la bise, geste inhabituel entre nous. Elle est poisseuse et m'agrippe doucement le col, me retenant contre elle.

« J'ai peur, murmure-t-elle.

– Je sais, Claudine, ne vous inquiétez pas, je suis là, ça va aller. »

J'ai toujours haï ce mensonge mais je n'ai jamais trouvé de substitut. Sur la table, j'ouvre le cahier de suivi et note par habitude *aggravation de la patiente*. Cela est inutile, elle en a pour vingt-quatre heures tout au plus, elle ne verra pas ma remplaçante. Un premier râle résonne dans mon dos, le bruit caractéristique des poumons qui lâchent, je me retourne, lui souris calmement. Elle ressemble à un poisson hors de l'eau. J'ouvre le placard derrière le lit et sors une petite pompe à oxygène. Le flacon est presque vide, à peine quelques minutes d'air. Je m'assois au bord du lit, démêle les fils, Claudine suit mes gestes. Je passe ma main derrière sa nuque humide, relève doucement sa tête, attache le masque à ses oreilles et le pose sur son nez. « Voilà, respirez, calmement. Ça fait du bien, n'est-ce pas ? » Elle remue la tête sans parler, les yeux clos, trop occupée à s'emplir d'air, le plus possible. Je reste assis à côté d'elle un moment puis me lève. Je sors l'enveloppe de Marty de ma sacoche, une seringue, un briquet. Je mets quatre fois la dose recommandée et me rassois au bord du lit. Elle rouvre les yeux. « Je vais vous faire une piqûre pour ne pas avoir mal, d'accord ? » Elle hoche son crâne chauve emberlificoté dans les fils du masque. J'insère l'aiguille dans ses veines claires, un hématome se forme. « Voilà, reposez-vous maintenant, je reviens dans quelques instants. »

Je laisse Claudine dans son lit, traverse le couloir et trouve son mari dans la salle de bains, en train de ranger un placard. Heureusement, il est là.

« Je peux vous parler ? »

Il me regarde longuement, l'air résigné de celui qui sait que les nouvelles sont mauvaises, et m'indique d'une main son bureau où nous nous enfermons. Je lui résume rapidement ce que je viens de faire : c'est irréversible et, à l'instant où je lui parle, elle a perdu conscience.

« Vous auriez pu me laisser lui dire au revoir. »

C'est lapidaire, il n'a aucun reproche dans la voix. Je lui demande doucement :

« Vous auriez voulu qu'elle comprenne ce qu'il se passe ? »

Il reste en silence, bougeant les mains nerveusement. J'attends. Il finit par ouvrir les lèvres, la voix étouffée.

« Non, non, bien sûr que non. »

Nous regagnons ensemble la chambre. Claudine a le souffle de plus en plus court. Il m'interroge sans un bruit, je lui montre avec mes doigts, deux heures, au mieux, au pire. Il s'approche du lit, lui prend la main, la tient, longtemps, pose l'autre sur sa tête. J'attends en silence à côté. Je pense à Khadija, au moins, nous n'aurons pas à subir cela, voir l'un de nous mourir.

« Il vous en reste ? »

Sans un mot, j'attrape l'enveloppe dans ma sacoche et lui montre le contenu. Claudine est la dernière, je n'en ai plus besoin. Il s'allonge près d'elle, me tend son bras pour l'injection. Je remonte sa manche, pose le garrot en caoutchouc. Ses veines ressortent sans difficulté. Je reprends la seringue utilisée pour sa femme, un coup de briquet, le contenu de la cuillère se liquéfie. Je pique tandis qu'il me regarde droit dans les yeux.

« Merci. »

J'ai épuisé mon stock de cigarettes en attendant qu'elle meure. Lui, c'est fait depuis dix minutes, moins résistant que sa cancéreuse de femme. Je me penche en avant, voilà, on y est. Boum-boum, boum-boum, boum-rien, la veine du cou a cessé de palpiter, c'est terminé. J'appelle les Disposeurs, et cette fois, je vais attendre. Le central répond. Un camion est dans le quartier, ils seront bientôt là. Je m'assois sur un fauteuil, attrape un vieux calepin d'adresses posé près du téléphone. La fille aînée décroche à la deuxième sonnerie. Elle n'aura pas le temps d'arriver en courant, de gravir les marches quatre à quatre, de se jeter dans la chambre en larmes. Elle a cependant le droit de savoir, sans attendre. Je ne veux pas qu'elle le découvre à l'occasion de son prochain passage, sa tarte aux pommes à la main devant un lit vide. Encore moins avec le courrier rituel de l'administration l'informant de la dispersion des cendres. Les dernières caresses sur une peau déjà tiède, bientôt froide, les psalmodies devant un cercueil, les musiques qu'on écoute en se berçant lentement de gauche à droite, vivants serrés ensemble dans le souvenir et la peine, c'est du passé.

Sonnette, j'ouvre la porte, ils sont deux. L'un me paraît plutôt âgé pour ce métier, l'autre me semble presque trop jeune.

« C'est où ? », demande le jeune.

J'indique le couloir et la chambre. Nous y pénétrons. Le vieux observe le couple enlacé dans le lit puis me dévisage longuement, je sens qu'il se retient.

« Bon, finit-il par dire, on n'a pas que ça à faire. »

Il repart vers la porte d'entrée tandis que le jeune place Claudine et son mari en position semi-assise, plus simple pour descendre les cadavres sur le dos. Je les ai vus faire cent fois. Le vieux revient.

« Attends. Non, on va faire l'autre méthode, j'en ai marre, là. »

Il ouvre la porte-fenêtre de la chambre, monte sur le balcon et gueule dans la rue.

« Ho ? Ramène le camion ! Ouais, gare-toi sur le trottoir. Voilà, ouais, colle (il fait demi-tour et me frôle), pardon docteur. »

Ils attrapent Claudine par les pieds et les poignets, la traînent jusqu'au rebord de la fenêtre. Le vieux souffle en la hissant sur la rambarde. *Un, deux, trois !* Un bruit sourd, ils se penchent.

« C'est bon ! Elle est dedans. »

Tandis que nous redescendons, j'ai envie de le pousser et d'entendre le craquement sec de ses os sur le marbre du rez-de-chaussée. Si possible avec des cris, s'il vous plaît.

« C'était un couple très respectable, vous savez... »

Il continue de descendre sans m'accorder d'attention, sa voix se répercute en écho dans la cage d'escalier.

« Ah ouais ? P't' être. Mais j'en ai rien à foutre.

— Vous n'étiez pas non plus obligés de les balancer par la fenêtre. Du respect pour les morts, ça ne coûte pas cher.

— Ah si, crois-moi, mon gars, ça coûte ! Tu sais, j'ai été déménageur pendant quinze ans. J'en ai monté des canapés, des frigos, des machines à laver dans les apparts des vieux bourgeois comme eux. J'ai eu deux hernies discales, tu te rends compte ? (Il s'arrête entre deux marches, pivote et me dévisage.) Deux hernies discales et un déplacement vertébral, j'ai des insomnies à cause des douleurs (il fait volte-face, reprend sa marche vers la sortie), mais il faut bien que je bosse, pour gagner ma croûte, puis les corps de ces gentils messieurs-dames ne vont pas se ramasser tout seuls et, mon gars, y en a beaucoup. Alors oui, je t'avoue que je ne fais pas dans la dentelle, quand on peut, on les passe par la fenêtre. (Arrivé à la dernière marche, il s'arrête à nouveau et me fait face.) J'ai assez donné pour ne pas m'achever en portant ces profiteurs jusqu'à la tombe. Tu veux quoi, qu'on leur fasse un bisou sur le front tant qu'on y est ? Par la fenêtre, c'est bien. »

Il ne le dit pas, mais je sais qu'il espère secrètement m'y faire passer moi aussi, tiède ou froid. Dans la rue, nous nous séparons sans un mot. Je change de trottoir, cherchant de l'ombre, et jette l'enveloppe de Marty dans la première poubelle. Quelque part dans la banlieue d'une galaxie ordinaire, une boule bleue tourne autour de son soleil. Et dans la benne d'un camion, Claudine et son mari roulent vers l'incinérateur.

9

Ce matin, il sortait de la réserve dans laquelle il stocke ses vivres et quelques armes, reliquats inutiles de sa vie d'avant dont il ne parvient pas à se défaire. Mal réveillé, je ne l'ai d'abord pas vu. Profitant de mon inattention, Kross a déboulé dans l'escalier en hurlant pour me faire peur. Cent douze kilos lancés à pleine allure, effet garanti ! Il m'a rattrapé sans mal dans ma chute et m'a conduit dans la salle du petit déjeuner. Il a préparé des œufs brouillés et du bacon – tout du moins quelque chose qui y ressemble – et me regarde maintenant avec un mélange de fierté et de compassion.

« T'as bien dormi ?

— Correctement. Moyen, en fait.

— C'est toujours ça, les premières nuits. Tu verras, dans quelques semaines, tu y seras habitué, tu dormiras comme un bébé.

— J'en doute, dis-je en m'asseyant, je crois que personne ne dort plus vraiment.

— Ah, moi, si ! (Il dépose bruyamment une tasse de café sur la table.) Je dors comme la Loire...

— Comme *un loir*, Kross, sinon tu parles du fleuve, dis-je, la bouche pleine d'œuf et de pain.

— Oui, t'as compris ce que je voulais dire. Le secret, c'est de laisser les problèmes dehors. Quand tu fermes la porte de ta chambre, tu les laisses dans le couloir et tu les reprends le matin en sortant.

— Certains problèmes sont comme des assassins, mon vieux, ils reviennent toujours sur les lieux de leur crime. Tu ne manges rien ?

— Non, j'ai pas faim, barbouillé, ça c'est le bon mot ! »

Je pose ma main sur son poignet.

« Kross ?

— Au moins, maintenant, tu vas peut-être pouvoir m'apprendre les échecs ! Et puis surtout on va réfléchir à l'après.

— Kross ? »

Il ne m'écoute pas et continue.

« Il y a plein de trucs à faire, je ne sais pas trop quoi encore, mais on va trouver. Un copain de l'abattoir m'a parlé du menuisier vers Les Lilas. Apparemment il cherche quelqu'un. Un truc manuel, c'est ce qui te tentait, non ?

— Kross ! »

Il s'interrompt tel un enfant pris en flagrant délit et me regarde, l'air coupable. Il lève subrepticement les yeux au plafond, derrière moi, vers là où se trouve ma chambre. Cette fois, il n'y a ni dérobade ni fuite, pas de diversion possible. Sobres, entre deux tasses de café, nous sommes dans la crudité de nos petites existences et de leurs irréparables incompatibilités. Il retire doucement son poignet de mon étreinte. Ma main reste là, suspendue dans le vide, gardant la forme de sa prise, béante, inutile.

« Ça va, c'est bon, je sais, j'ai compris, je ne suis pas si bête. (Les mots sont sortis froids, durs, secs, cassants.) Je ne t'en veux pas, Jonas. Je ferais pareil à ta place... »

Je baisse la tête dans mon assiette. Les œufs sont presque terminés. Une tranche de bacon traîne seule sur un bord, à demi hors de l'assiette, elle a fait une petite tache de gras sur le bois. Je sens les larmes monter, j'ai mal, un peu partout à la fois. Sa voix me parvient aux oreilles.

« Je savais bien que t'allais pas vivre là pour toujours. Ici, c'est pas une maison pour inventer une vie (il s'arrête un instant et parcourt la salle du regard), c'est un bouge mal diffamé. »

Il a avalé le dernier mot. Je ramasse ce qui me reste de courage et redresse la tête. Il est de trois quarts, tourné vers le mur. Je racle ma gorge.

« On dit mal *famé*, Kross, pas *diffamé*. (Un borborygme appréciateur accueille ma remarque. Il m'écoute, le canal est ouvert, la blague a percé le mur. Je poursuis.) Et puis, il reste encore quelques jours. Je t'apprendrai les échecs avant de partir, si tu veux. Tu pourras jouer avec les autres clients. Ça te fera (ma voix s'enraye comme une vieille machine)... un souvenir. »

Après un temps interminable, Kross pivote lentement pour me faire face de nouveau.

« Je suis le dernier au courant, j'imagine.

– Non, banane, pas du tout. Je n'en ai pas encore parlé. »

Il hausse les sourcils.

« Même pas à la jolie Rachida ?

– Khadija, Kross.

– Ah oui, c'est ça... la jolie Khadija !

– Non, pas même à elle. Pas encore.

– Mais t'es totalement fou en fait ! dit-il en haussant la voix sans que je puisse évaluer s'il s'agit d'un reproche ou d'un constat clinique.

– Écoute, Kross, je ne dis pas que c'est parfait. Loin de là. J'aurais peut-être dû le faire plus tôt, sans doute, certainement. Mais c'est compliqué de trouver le bon moment, les bons mots, tu vois ce que je veux dire ? (Nouveau borborygme.) J'avais envie de vivre ces semaines sans les vicier du goût des dernières fois. Et puis, en plus, je crois que j'avais besoin de garder ça, de maturer un peu, dans mon coin. Pour la première fois, je décide pour moi, seul, sans personne. Honnêtement, Kross, si je t'en avais parlé, dis-moi que tu n'aurais pas essayé de m'en dissuader ? »

Kross réfléchit, il doit avoir trouvé le gros œuvre suffisamment convaincant pour passer en revue les détails.

« Tu pars quand ?

– Je ne sais vraiment pas, bientôt, je te dirai.

– J'imagine que tu ne vas pas être beaucoup dans le coin d'ici là.

– Pourquoi ?

– Tu n'as rien à faire, à préparer, à acheter ?

– J'ai presque tout en haut, dis-je en pointant l'escalier par-dessus mon épaule. »

Après être passé par la banque hier, j'ai recompté mes économies. Presque tout est parti dans le magasin.

Le vendeur, affable, a empoché mes billets en murmurant « bonne chance », sans trop y croire. Dans la chambre, tente et duvet, réchaud et frontale m'attendent sagement rangés sous le lit. Il me reste encore de quoi payer le gars de Marty, s'il est honnête, s'il ne demande pas davantage ou autre chose, s'il est là. Le filet de sécurité s'est défait et un frisson d'angoisse me parcourt des pieds à la nuque.

« Et il n'y a personne que tu veux revoir avant ?

— Khadija, bien sûr... et puis toi, mon vieux, j'esquisse un léger sourire.

— Et ta sœur ? Tu vas partir comme ça, sans retour, sans même essayer de renouer le lien ?

— Oui, il y a ma sœur... Mais elle est déjà loin. Et puis, je doute qu'une grande catharsis familiale soit ce dont j'ai besoin en ce moment. Il faudrait plutôt qu'on prévoie un cours accéléré de tir ensemble. »

Je ne veux pas penser à Natalia, là, tout de suite. Je vois qu'il cherche ses mots, lentement. Lorsque Kross doit dire quelque chose d'important, il forme dans son esprit une première phrase, une seconde, vérifie les temps, les accords, la syntaxe, toutes ces règles de grammaire qu'il a apprises avec patience, au gré des clients, des rencontres, avec tous ceux qui habitent la langue nouvelle. Il a l'air de buter sur une conjugaison complexe, l'abandonne, semble opter pour une autre. Enfin, avec l'air sage d'un chef de tribu qui annonce le départ vers un autre campement, il pose ses deux coudes sur la table et livre le produit de sa recherche :

« Putain. Fait chier quand même. »

J'ai décidé de sortir marcher avant la chaleur de l'après-midi, pas longtemps, juste ce qu'il faut pour profiter de la sensation grisante de l'homme libre, sans agenda ni contrainte. J'ai dépassé un clochard dormant affalé avec des pigeons autour de lui, slalomé entre les tentes et les caddies sur la place. Rapidement la balade sans but a tourné court, je sais où je vais.

Le bouquiniste me salue chaleureusement, je suis probablement le seul client de sa matinée. Je parcours son étal de vieux grimoires jaunis par le soleil. Pages racornies par les lectures successives, coups de crayons dans les marges, petites preuves qu'ils appartenaient à d'autres. Je l'observe discrètement, à demi dissimulé entre deux tomes d'un Proust que je n'ai jamais eu ni l'énergie ni l'envie de lire. Il bâille mollement, surveille la rue, à l'affût du chaland, des quelques billets qui viendraient dans sa caisse contre un frisson, un ennui, une découverte. Il ne m'a pas reconnu. Pourtant, nous venions ici chaque semaine avec Isabelle. « Faire le plein », disait-elle. Surtout dépenser l'argent qu'elle gagnait dans des livres qu'elle ne lirait jamais et qui s'entasseraient en pile des deux côtés de notre lit. Moi, j'achetais parfois un ou deux ouvrages, surtout pour le plaisir de lire les gribouillages des autres, au hasard des pages marquées, jamais jusqu'à la fin.

Cela n'a pas toujours été une librairie. L'ancien caviste du quartier avait fait faillite et, quelques années durant, les commerces s'étaient succédé, avec la même malchance. Le patron actuel avait débuté avec une galerie d'art. Débusquer la beauté du monde et la vendre, moyennant une petite commission, c'était un projet original. Dans la boutique, il avait entassé toutes les babioles qu'un brocanteur devait proposer à sa clientèle fortunée. Le trésor empilé, il avait organisé une ouverture, petits plats et messages placardés dans le voisinage. Nous étions venus, plus par curiosité qu'intérêt. Nous avions rapidement compris que la faillite était assurée, mais nous n'aurions pas parié que la littérature viendrait meubler le trou dans la rue.

Je m'éloigne du patron et m'enfonce au fond de l'échoppe. Histoire, philosophie, les pages défilent et, avec elles, la distance qui me sépare de ces auteurs. Eux pensaient leur temps sans se soucier de l'avenir, ou l'inverse. Trop occupés par notre propre déclin, nous n'écrivons plus à présent.

« Je peux vous aider ? (Il m'a suivi.) Peut-être voudriez-vous voir le rayon, comment dire, *réservé* ? », dit-il en pointant du doigt un lourd rideau mauve.

Derrière, je le sais, se trouvent d'antiques catalogues de lingerie, des romans érotiques, quelques survivances de mangas avec leurs écolières à demi nues, résidus d'une société pornographique.

« Non merci. En fait, si. Je n'ai pas eu le temps de lire depuis... je ne me souviens même pas vraiment.

– Je vois. Et vous voulez vous remettre en selle ?

– C'est un peu l'idée. Quelque chose de pas trop long, pas trop dur, qu'on peut lire rapidement.

– Drôle ou triste ? J'ai tout ce que vous voulez.

– Réaliste, vous avez ? »

J'ai acheté, en plus d'un mauvais roman pour moi, un livre de stratégie militaire que j'offrirai à Kross avant de partir. Mon paquet sous le bras, je quitte la boutique et repasse devant l'ancien immeuble où nous vivions, Isabelle et moi. Un bloc de béton hypersécurisé, digicodes et doubles portes, une prison douillette. Je lève les yeux, j'essaye de voir un mouvement dans l'appartement, rien. J'ignore si elle vit encore là. Je poursuis ma route. Je connais par cœur ces trois rues qui formaient le centre névralgique de notre vie, du bouquiniste au supermarché, du métro au magasin de surgelés. Elles restent derrière moi, chacun de mes pas m'en éloigne, me rapproche du bout du boulevard. Après la place de la Bastille, presque déserte, je m'assois sur un banc à l'ombre, en tournant le dos au vent tiède. Aujourd'hui, je vais prendre le temps, ne pas courir, rien ne presse. Je feuillette mon acquisition, une histoire d'aventure, un homme dans une ville dont il ne parle pas la langue et qui doit trouver sa route. Khadija n'est pas disponible avant trois jours. Une grosse distribution en banlieue, a-t-elle dit. J'allume une cigarette et la laisse au bout de mes doigts, en suspension. Elle se consume rapidement, le vent en emporte davantage que mes poumons.

10

Un ronflement sonore monte de la réception, Kross a dû s'endormir en travers du comptoir. Assis au bord du lit, je repense à Khadija et à notre dispute de cette nuit. Après quelques jours d'errements dans la grisaille de l'ordinaire, je ne pouvais plus repousser. Alors, j'ai pris soin d'employer les bons mots, sans me laisser déborder par l'émotion. C'est fini, je quitte Paris, je ne serai jamais dans le rang des révoltés. Pour aller où, quand, faire quoi ? Je ne pouvais pas lui donner de détails, ce n'était pas encore fixé. Comment ça ? J'avais une dernière chose à faire avant de partir, mais j'avais besoin d'être seul pour ça. Quoi ? Quelque chose, elle ne comprendrait pas. Ce n'était pas le sujet. Mais donc, on allait se revoir ? Non, sûrement pas. C'était un adieu. J'espérais naïvement qu'elle respecterait mon choix, qu'elle écouterait mon raisonnement. Peut-être même qu'elle me bercerait, en me rassurant sur la teneur de ses sentiments. Ou alors, simplement, dans un autre monde, nous aurions pu agir en adultes responsables, reconnaître l'un comme l'autre la force de ma décision, ferme et réfléchie, en dépit de notre affection mutuelle. En somme, je voulais la laisser sans haine ni reproche. Quand Khadija a hurlé mon nom dans l'escalier, pour essayer une dernière fois de me convaincre de rester, la voix chargée de griefs, je suis descendu quatre à quatre. J'aurais peut-être dû remonter, me faire pardonner, l'embrasser, épouser sa cause. Mais aujourd'hui, je n'ai plus envie de m'excuser, de faire semblant, et je n'arrive pas à faire d'exception, même pour elle. J'ai acquis ma liberté, renoncé à l'emploi, à la sécurité du travail, sans doute à tout ce qu'il peut rester de confortable dans ce monde. Ce n'est pas pour signer mon arrêt de mort à ses côtés.

La chambre s'emplit rapidement de soleil, le brouhaha dehors recommence. Je me lève et tire le rideau pour observer la place à nouveau saccagée. Cela a débuté en soirée avec des gamins collant des affiches d'*Absolum*. Les flics les ont cueillis pas loin. C'était l'étincelle qu'il fallait pour allumer l'incendie : toute la nuit, une troupe de résistants a tenu sur la place, passant des pierres aux cocktails Molotov. Il y a encore des tentes fumantes pour témoigner de la colère. En revenant au milieu de la nuit, après ma fuite de chez Khadija, j'ai manqué de me faire coffrer. À défaut de carte professionnelle, ma gueule de Blanc et ma barbe bien taillée m'ont une nouvelle fois sauvé la peau. En bas, les cuistots de rue s'activent, malgré les ruines et le désordre : c'est l'heure du petit déjeuner. Une file d'attente se forme progressivement entre les caddies qui rôtissent la viande. L'odeur pénètre dans la chambre, alléchante. Au gargouillis de mon estomac, je sais qu'aucun poulet ne fera plus le même effet.

Dans la penderie, quelques chemises que je fourre machinalement dans mon sac. Derrière elles, une vieille boîte en fer inoxydable : *Les thés gourmands de Grand-Mère.* Brave grand-mère métallique, bien à l'abri du temps. Je l'attrape, m'assois par terre, le dos contre l'antique radiateur qui ne sert plus. J'aime cette boîte, donnée par ma mère à mon départ de la maison. Elle remue bien des souvenirs, autant d'ampoules aux pieds qui ne partent pas, elles sont encore vives, douloureuses, bien que j'aie avancé depuis sur la route cahoteuse de mon existence. J'étais à peine adulte, je quittais la maison sans avoir pris soin de dîner une dernière fois avec eux, trop occupé à célébrer mon départ avec de la bière, des amis, des filles à conquérir. Trop soucieux des possibilités qu'offrait une nouvelle nuit d'ivresse et d'aventures. Au matin, mon père m'avait accompagné jusqu'à la gare, moi, ma petite valise et mon air de conquérant en carton-pâte. Devant la porte du train, il m'avait serré la main, puis était parti sans un regard. Devenir infirmier, c'était mieux qu'être ouvrier sur un chantier naval, mais ce n'était pas suffisant. Il aurait voulu que je sois « avocat », « ingénieur », il avait reporté sur moi tous ses fantasmes de réussite. Avec cette profession, je restais trop près des corps, de leur faiblesse, la sienne et celle des collègues et rares amis qui passaient parfois le dimanche. De témoin, je devenais procureur de tous les dos brisés. En vieillissant, j'ai compris qu'il avait surtout peur que je puisse un jour, avec toute cette science qu'il me prêtait, lire dans ces moindres gestes le poids des plaques d'acier, des gouvernails, des paquebots. Déjà assis dans le wagon, je laissais derrière moi cette vie de famille, mon père usé, ma mère soucieuse des fins de mois.

Je les ai peu appelés, je rentrais rarement les voir. J'étais trop absorbé par les nouveaux lieux à découvrir et les corps à apprivoiser, avalé par les petits boulots qui payaient mes études et les applications de rencontre, concentré sur les innombrables visages qui défilaient sur mon écran, les premiers messages. J'étais trop occupé à consommer Paris, me gaver jusqu'à n'en plus pouvoir, pour l'ouvrir, cette petite boîte métallique, glissée discrètement dans ma valise. Mentant mollement au téléphone. « Oui, maman, le thé était excellent, merci. » Je n'avais plus le temps pour eux.

Je me lève, pose la boîte sur le lit, rallume une cigarette. Hop ! Clic ! Une autre pelletée de terre sur ma tombe. Comment ai-je fait pour l'ignorer si longtemps, pourquoi est-ce que j'ai été aussi con ? Simplement trop certain que le bonheur dehors n'attendait que moi, trop pressé pour prendre le temps d'ôter de son vivant le mince ruban de scotch maladroitement replacé sur le dessus. J'aurais vu alors, au-dessus des sachets, les quelques photos, promesses d'éternité, que ma mère avait voulu que j'emporte avec moi. Le métal rouillé craque à l'ouverture, je n'ai pas revu ces souvenirs glacés depuis sa mort. Premier cliché dans le pavillon de mon enfance. Mon père fixe l'appareil avec bravoure, jeune, avant ma naissance, une lueur, une force, une certitude dans l'avenir que je ne crois pas lui avoir connue. Qu'est-ce qui éteint un homme, l'épuisement du chantier, la peur de l'avenir laissé à ses enfants ?

Peut-être, simplement, le poids de la vie, celui des morts qui morcellent le chemin jusqu'à soi. À l'arrière-plan du portrait, dans le jardinet, se dresse une petite fille aux mèches hirsutes. Natalia bébé fait ses premiers pas, elle s'insère, insouciante, dans le cadre. Sans le savoir, il pose avec elle, l'aînée, sa première descendance. Sait-il déjà que la maladie s'annonce, que le temps se dérobe, les années devenant des jours, l'horizon une fenêtre d'hôpital ?

Clope au bec, je passe en revue les autres clichés : une photo de ma mère jeune qui me tient dans les bras, une autre de Natalia et moi adolescents. Âge ingrat, avec nos bagues aux dents, notre air engoncé et blasé, assis sur le canapé devant nos téléphones. Entre les tirages, je découvre avec surprise une photo d'Isabelle et moi – je n'ai aucun souvenir de l'avoir glissée ici. Nous sommes encore tellement jeunes sur cette photo, une sacrée équipe. Le mariage d'un ami dans une grande ferme en Picardie, Isabelle et moi assis sur une botte de foin à discuter. Je me souviens encore de l'effet si particulier qu'elle m'avait fait, le premier soir. Un énième rendez-vous amoureux, j'étais parti, comme d'habitude, pour une rencontre sans avenir. Cette manière qu'elle a eue de caresser lentement son paquet de cigarettes. Elle m'en a tendu une, je me suis approché, elle l'a posée entre mes lèvres avant de l'allumer. Elle a replacé une mèche de ses cheveux châtains derrière son oreille, bu une gorgée de son vin pétillant préféré en m'écoutant parler de mon métier, de mes premiers patients, de ces romans de vie qui ne seraient écrits par personne. Elle a sifflé, en se bouffant l'ongle du pouce gauche. Elle m'a raconté ses études, si brillantes, à Sciences Po. Sur la photo, elle a déjà dans l'œil cette assurance qui la caractérise. Major de promotion, Isabelle ne pouvait faire qu'une carrière « sans faute », sans tache, vivre une ascension vertigineusement verticale. Porte après porte, étage après étage, de salle de réunion en cafétéria, de week-end avalé en vacances annulées, elle a réussi à se hisser « haut ». Elle avait un salaire important dans sa boîte, confortable – j'étais d'ailleurs bien heureux qu'elle paie les factures pour nous deux. Il y avait aussi les à-côtés que l'entreprise avait à lui offrir, des produits de cosmétique bio à prix réduits, fraîchement sortis des usines. C'était cela, le bien commun à sauver : du maquillage raccord avec la planète, l'aboutissement du genre humain. Sur la photo, nous ignorons encore que nous allons être trop impliqués dans ce monde.

Je referme les souvenirs, les glisse dans mon vieux sac avec le reste, harnache la tente au-dessus. Tout y est maintenant, le bruit du zip qui se ferme, clap de fin. La porte de ma chambre se verrouille dans un grincement sonore. Le couloir est vide, il est trop tôt pour que les autres résidents soient levés. Dormir, cela réduit le temps à tuer. Je descends à la réception, Kross n'est plus là, il a finalement dû monter se coucher. J'attrape un stylo qui traîne sur le comptoir avec une vieille facture qu'il ne paiera jamais. Je griffonne un mot, pose le livre militaire et glisse dessous les billets dus. Il ne m'en voudra pas de partir sans serrer sa grosse poigne, nous nous sommes tout dit, les adieux sont de trop. Je mets mon sac en bandoulière. Dehors, l'agitation du réveil s'est amplifiée. J'accélère le pas, je ne veux pas faire attendre Marty. Avec ce billet qu'il m'a dégoté à la dernière minute, je lui dois de nouveau une sacrée chandelle.

Assis à la terrasse d'un café, il avale goulûment un croissant et me fait signe de la main lorsqu'il m'aperçoit. Je m'assois, commande la même chose. Il déglutit, prend une gorgée de son café et époussette d'un revers de main les miettes sur sa veste. Il souffle bruyamment et me tape l'épaule.

« Oh, mon vieux, t'as vraiment une sale gueule.

– Ouais, je sais.

– C'est le grand départ qui te fait ça ?

– Je pense bien que oui, je ne suis pas serein.

– Ah, merde, Buddy, c'est quoi, une histoire de meuf, de flics ?

– Meuf, et qui risque en plus d'avoir des emmerdes avec les flics.

– Ah ouais, le tiercé gagnant ! »

Cet idiot me fait rire en toutes circonstances.

« Bon, Marty, on ne va pas refaire le match, il est trop tôt.

– Tiens, ton aller simple, direction... (Marty approche ses yeux du billet pour déchiffrer les caractères imprimés), *Ar-cis*. T'inquiète, il est valide, ce n'est pas ces merdes de contrefaçon. Mais je ne comprends plus rien, tu ne te tires pas au nord ?

– Non... (Marty me dévisage, l'air inquisiteur.) Arrête de me regarder comme ça. Oui, ce regard-là. Je n'ai pas changé d'avis, t'inquiète. Je fais juste un crochet.

– Oui, enfin là, ton *crochet*, il ne pointe pas dans la bonne direction, si tu vois ce que je veux dire ! (Il pointe de son index le Nord et le Sud successivement.) Donc t'as pas appelé le gars ?

– Non, mais je te rassure, Marty, je vais le faire. Regarde. (Je sors de mon veston le numéro de téléphone.) Là, je n'ai juste pas le choix. Je ne peux pas plus partir comme ça, pas avec le sac plein à ras bord d'histoires de famille, ça alourdit.

– Toi, il t'est arrivé un truc ! »

Je passe une main dans ma nuque nouée et me masse le cou.

« Dis, c'est un peu abrupt, mais tu aimes ta femme ? (Marty me regarde comme si j'avais osé profaner la sépulture de tous ces ancêtres.) J'ai ma réponse. Tu vois, hier soir, j'ai dit adieu à une fille que j'aime bien. Bien sûr, ce n'est pas la même chose que ton couple, mais ça compte quand même. C'est ce que j'avais de plus proche d'une histoire.

– Et alors quoi, demande-t-il, pourquoi ne rends-tu pas le matos pour t'installer avec elle ?

– Les choses ne sont pas simples...

– Alors qu'elle vienne avec toi (il jette un œil à mon paquetage posé contre la table), ta tente, c'est bien une deux places, non ? (Je secoue la tête.) Eh bien, vous vous serrerez quand il fait froid, c'est bien aussi, ça crée de l'intimité. Crois-en un mec marié depuis onze ans, faut préserver la flamme ! »

Il me flanque une grande claque dans l'épaule, une tasse se renverse et le café se répand sur la table.

« Merde. Désolé. Attends. »

Il sort un mouchoir en tissu et éponge le liquide sombre qui se dirige vers mes affaires.

« J'aimerais bien, parfois, vivre dans ton monde, Marty. »

Il me regarde en continuant à nettoyer.

« Ouais, j'imagine, on doit s'y amuser davantage que dans le tien, répond-il du tac au tac, en m'arrachant mon premier sourire depuis la veille.

– Elle ne peut pas venir, Marty. C'est impensable, inconcevable pour elle.

– Tu lui as proposé ?

– Non, mais ça n'aurait servi à rien.

– Alors tu ne peux pas savoir, dit-il en déplaçant sur le bord de la table le mouchoir imbibé de café. C'est ta vie, champion, je ne vais pas te faire les grands discours sur l'amour, patati patata.

– Oui, merci.

– Tu as passé l'âge, continue-t-il sans se laisser interrompre. Mais ça doit quand même être une sacrée nana si ta rupture te fait rentrer au bercail familial ! (Il me jauge, évaluant sans doute mon degré de détermination.) Tu vas rester longtemps ?

– C'est un crochet, je te l'ai dit.

– N'oublie pas d'appeler le gars malgré tout, pour le tenir au courant. Ça se fait, quand même. On peut avoir un business illégal, la politesse est toujours appréciée.

– Je vais le faire. (Je regarde ma montre.) Le train est à quelle heure ?

– J'en sais foutrement rien ! J'ai pris le seul billet que le fournisseur avait à me vendre, je suis pas guichetier, Buddy. J'espère pour toi qu'il n'est pas déjà parti, rajoute-t-il, taquin.

– Très drôle, Marty. Combien je te dois précisément ?

– Un bras. Avec chemise, montre, faudrait même rajouter une gourmette. Je suis désolé de t'en demander autant. Tu sais que je ne fais pas de marge, là, je paie seulement le fournisseur.

– Tu n'as pas à te justifier. »

Je sors de ma poche une liasse de billets, il faudra que le passeur me fasse un prix. Ma main s'avance en travers de la table, elle tremble un peu, comme si les billets étaient faits de plomb. Je ne me simplifie pas la vie, mais j'en ai besoin. Marty jette un œil rapide autour de nous et range la liasse dans sa veste de lin. Je finis mon café d'une traite et murmure pour moi-même, en espérant qu'il entende :

« Je ne sais même pas si elle va m'ouvrir la porte.

– C'est qui, “elle” ?

– Ma sœur. Simplement, on n'a jamais vraiment cru aux liens du sang entre nous. Ça va faire huit ans, c'est long.

– Mais alors, qu'est-ce que tu fous ?

– Elle est la seule famille qu'il me reste. On a beaucoup plus que des souvenirs communs, le même point de départ. Tu te souviens des cours de maths ? J'imagine que tu pratiques encore un peu...

– Addition, soustraction, qui me doit combien et depuis quand, ouais.

– Alors tu te rappelles peut-être que par deux points ne passent qu'une droite...

– Et une seule droite ! dit-il fièrement.

– Exactement. Si je renoue avec le point d'origine, c'est plus facile de comprendre le point d'arrivée. Et puis, ce n'est pas bien grave si j'appuie sur le bouton pause un moment. Le Nord peut bien attendre quelques jours, de toute façon ce sera pour la vie. Toi, ce n'est pas pareil, tu vas être de nouveau papa.

– C'est bien ce qui me stresse, mon pote ! J'ai commencé à faire le plein, avec les rumeurs de rationnement, je n'ai pas envie d'être en dèche de lait pour bébé ou de petits pots.

– Ça se vend toujours, ces merdes ?

– Oh oui, tu n'imagines pas ! Poireaux-potirons, oignons-courgettes, t'as tous les parfums de France dans un petit pot.

– Dire qu'à une époque les bébés mangeaient des compotes fraises-abricots en plein hiver...

– Et vois ce que ça a donné. »

Marty étend son bras pour souligner son propos. Au bout de ses doigts, sur la ligne d'horizon, des barres d'immeubles gris et un soleil de plomb.

Devant la gare, après avoir salué Marty, qui a juré que ce n'était pas un adieu, je rase les murs et présente mon billet aux militaires en faction. Le lecteur magnétique émet un *bip* rassurant, le billet est valide, j'ai le droit de voyager, d'entrer, d'attendre un train, de sortir de la capitale. Le factionnaire me rend mes papiers et mon sésame sans un regard. La climatisation à l'intérieur du bâtiment m'apaise. J'essaye de me rafraîchir et de faire disparaître les traces de transpiration sur mon dos. Le train est en retard, évidemment. Avant, c'étaient les grèves, les accidents ; à présent, la chaleur dilate les rails et les ingénieurs n'ont pas encore trouvé de solution. Ils ont arrosé un temps le métal, mais l'eau est venue à manquer. Plus personne ne se plaint des retards par contre, la climatisation a endormi les protestations.

L'idée d'aller voir Natalia ne date pas d'hier. Cela fait plusieurs mois que je pensais à renouer le lien, chaque jour un peu plus. Abandonner une terre, un pays, son histoire, ne jamais revoir la tombe de ses parents, c'est le prix à payer pour tenter sa chance. Et une pierre tombale avec deux noms gravés dessus, ce n'est jamais que l'adresse de deux corps qui ne peuvent plus rien dire ou transmettre. Mais là-bas, Natalia, elle, vit, parle, aime peut-être. Elle peut encore raconter un bout de l'histoire, me laisser purger le passif pour mieux affronter l'avenir. À chaque anniversaire de décès d'un de nos parents, je pense à elle, elle doit faire pareil. Alors, pour une dernière fois, nous allons en vivre un ensemble.

Son choix de s'installer à la campagne a toujours compliqué nos retrouvailles, même de leur vivant. Se taper trois heures de train n'était pas compatible avec ma vie professionnelle, manière sobre de dire que je favorisais mon boulot à ma famille. À l'époque, je voulais sauver le monde, pas le temps pour les grandes émotions de ma mère ni pour les reproches à mots couverts de mon père. Lorsque les invitations déclinées avaient été trop nombreuses, je me joignais à eux pour un week-end. Je partais tôt de Paris et arrivais pour le déjeuner chez Natalia, bien avant mes parents.

Je les imagine encore faisant la route jusque chez elle, perpétuant les rituels de nos départs en vacances des années plus tôt. Au réveil, avant le premier café, mon père chargeait la vieille bagnole qu'ils n'avaient jamais remplacée depuis le mariage, valises pleines de choses inutiles dont ils ne pouvaient se passer même trois jours, glacière pour le pique-nique sur la route. « Tu as pensé aux œufs durs ? » Ils étaient faits de ces règles de vie immuables qui rendent le quotidien supportable et prévisible. Après avoir passé la rocade de Châteauroux, ils s'arrêtaient, toujours sur la même aire de repos. Ma mère allait aux toilettes, mon père fumait en marchant à côté de la voiture, elle le lui reprochait ensuite, habitude qui pouvait les occuper de longues minutes. S'il avait arrêté de fumer, ils n'auraient eu plus rien d'autre qu'eux-mêmes à critiquer. Tout était tellement millimétré que je pouvais mentalement suivre les kilomètres de leur trajet, jusqu'à leur arrivée, systématiquement au coucher du soleil. J'ignore encore leur secret pour débarquer toujours au même moment, ils devaient certainement modifier l'horaire de départ suivant le cycle du soleil, tard l'été, tôt l'hiver, mais c'était théâtral. Natalia et moi sur la terrasse, le vieux diesel remontant l'allée dans la pénombre, crachotant son épaisse fumée noire sur les pavés, la lumière des phares, leurs bras levés par les fenêtres entrouvertes, quelle que soit la météo. « Ouh ouh ! Les enfants ! On est là ! » Puis, un jour, ma mère a dû se résoudre à prendre la voiture seule. Quelques années plus tard, avec ma sœur, nous l'avons mise à la casse. Nous avions grandi, il n'y avait plus vraiment d'enfants à visiter, plus de parents pour faire le voyage.

Un sifflet retentit, après une demi-journée d'attente, les barrières s'ouvrent enfin. Je remonte la file des wagons qui attend sagement sa cargaison humaine, avec une brochette de passagers, collaborateurs gouvernementaux, hommes d'affaires à l'air important qui ont payé pour une première classe conditionnée. Au bout du quai, à la limite de la gare, un wagon pour ceux qui comme moi voyagent pour les mêmes raisons qu'autrefois. Les sièges en cuir sont moites, l'air froid de la gare s'infiltre mollement par les barreaux aux fenêtres. Je m'y colle et aspire la fraîcheur. Nouveau coup de sifflet, c'est parti. Sur le quai, pas d'amoureux qui s'embrassent, pas de larmes ni d'au revoir.

On traverse à grande vitesse la banlieue : barbelés, miradors, tours en ruine, ombres qui défilent. La dernière fois que j'ai quitté Paris, les immeubles tenaient encore. Avec Isabelle, nous avions organisé un ultime week-end à la mer, juste avant la restriction de l'usage du train. Nous savions que partir serait ensuite plus difficile. Nous n'avions simplement pas prévu que l'extraordinaire deviendrait la norme, et que tout voyage serait le produit de relations travaillées au long cours, de passe-droit, un délit d'initié. À bord, les passagers s'endorment, dodelinent, la tête tombante, la relèvent d'un coup, hagards. « C'est bon, *ça roule.* » Ils se rendorment, rassurés. La ville a cédé la place à la campagne. Des champs à perte de vue, silhouettes penchées sur la terre. Sur la ligne d'horizon, le rougeoiement d'un feu de broussailles et un nuage noir. À travers les barreaux, un air chaud emplit peu à peu le wagon, la fin d'après-midi est l'heure la plus chaude de la journée. Au moins, cela n'a pas changé. Je recommence à transpirer.

J'enjambe mon voisin terrassé par la température. Pauvre vieux, son surpoids ne doit pas lui simplifier l'existence. Entre deux wagons, les toilettes sont condamnées, prière de se retenir. J'achète une bouteille d'eau au bar. Le serveur me la tend. « Et bon voyage ! » Les roues grincent lorsque le train s'oriente inexorablement vers le sud. Les gares désaffectées défilent, noms indéchiffrables, quais abandonnés aux mauvaises herbes. Le conducteur actionne chaque fois sa sirène pour prévenir de son passage. C'est inutile mais doux, presque mélancolique, le chant d'une locomotive solitaire. Derrière moi, Khadija rêve d'un autre monde. Devant, ma sœur et le fantôme de mes parents. Je retourne à mon siège, je fatigue. Je pousse mon voisin pour avoir de la place et pose la tête contre la fenêtre. Je ferme les yeux. Un train qui file dans la plaine, ce n'est pas le grand chamboulement que j'escomptais. Mais quand le départ n'est plus, que l'arrivée n'est pas encore, c'est déjà un putain de paradis suspendu.

11

Arcis-sur-Lac, c'était à l'époque le nom du village où Natalia s'est installée avec son mari. Les gens du coin disaient simplement « Arcis ». Ils ont eu raison d'anticiper, avec l'assèchement du bassin aujourd'hui, le nom complet n'aurait plus de sens. Je sors de la gare, un simple arrêt en bordure des voies. Qu'est-ce que je fous là, bordel ? Je ne sais pas si je vais retrouver le chemin de sa maison. Elle habitait à quelques kilomètres du « centre-ville », désignation trompeuse de la seule rue où se trouvaient une boulangerie, un tabac et une supérette. Les campagnes ont tiré le rideau bien avant le reste du monde.

Je suis presque étonné de voir que rien n'a changé, ce trou perdu est toujours aussi désert. Le bourg disparaît derrière moi, je remonte la départementale vide. La nuit tombe, fraîcheur étonnante, loin du béton et de la pierre, la terre semble pouvoir respirer, j'aurais presque froid. Le long d'un champ, je n'arrive pas à distinguer ce qui y pousse, sans doute de la betterave, je demanderai à Natalia, si elle vit toujours là. Je n'ai pas pu l'appeler pour vérifier, numéro perdu dans un vieux téléphone volé il y a plusieurs années. Et c'eût été vain, considérant la médiocrité des communications téléphoniques Paris-Province. Je me rassure comme je peux : au pire, je suis parti pour une nuit à la belle étoile. Cela m'aurait terrifié, enfant, les bruissements dans les bosquets, mais à présent que la nuit est devenue silencieuse, j'aimerais essayer.

Oui, je reconnais maintenant, à droite au carrefour de la grange. Isabelle et moi étions venus leur rendre visite. Elles s'entendaient bien, me semble-t-il. Nous avions déjeuné à quatre dans le jardin, avec son mari dont le nom m'échappe. Un gigot, des frites maison, du vin rouge, un samedi de printemps avec son lot de promesses. Natalia essayait d'avoir un enfant. Elle voulait une fille, une princesse à elle. Peut-être que cela a marché. Nous avions décidé de rester une nuit supplémentaire. Après le dessert, nous étions partis à deux, une balade dans les champs. Les arbres, le maïs plus haut que nous, les oiseaux, tout respirait la vie. C'est contre le mur de cette grange que la nôtre avait failli basculer. Une bonne levrette, à la campagnarde près des bottes de foin. Un mois plus tard, nous avions décidé de ne pas le garder. C'était trop tôt, nous étions trop jeunes, et puis simplement nous n'avions pas la place dans l'appartement pour une chambre d'enfant. Peut-être est-ce là que l'on s'est condamnés, entre les épis de maïs et la salle d'attente de la clinique.

Je remonte doucement l'allée. Les pavés n'ont pas bougé. Le grand chêne n'est plus qu'une souche. Ce serait drôle d'imiter la voix de mon père pour briser la glace, mais mieux vaut s'abstenir, pour peu qu'elle ait acheté un fusil. Cela ferait le titre d'un mauvais fait divers : « Une sœur abat son frère dans la nuit en pensant à un voleur. » Voilà que je me marre seul dans cette allée, maintenant. Il n'est pas si tard, vingt-deux heures à peine, pourtant pas une lumière d'allumée. J'espère qu'elle dort, que je vais seulement la réveiller, qu'elle est là. Je frappe contre le bois épais. À la troisième tentative, j'entends une voix, elle ne trompe pas.

« C'est qui ? »

J'aurais pu anticiper cette question, évidente, rationnelle, prudente. Bien sûr, elle ne va pas ouvrir sa porte dans la nuit à un inconnu tambourinant à sa porte. Je cherche une saillie, un truc drôle ou touchant. Rien.

« C'est Jonas. »

Silence, trop long et court à la fois. La porte s'ouvre. Une touffe de cheveux blonds, un regard bleu ciel, plus de rides et de kilos que dans mes souvenirs : c'est Natalia et j'en suis presque surpris. Comme s'il pouvait encore y avoir de la simplicité dans ce monde. C'est bien Nat' qui se tient là. Elle respire, vivante, en pyjama, une bougie à la main, et je suis devant elle.

« Bah... entre. »

Elle semble aussi étonnée que moi. Je passe la porte, sans un mot. Tout est dans le noir. Elle bredouille quelque chose sur le courant électrique coupé, les bougies, je m'en contrefous. Nat' putain, j'ai envie de te prendre dans mes bras. Je suis là, sœurette. Je suis là, ne t'en fais pas, à deux, on va survivre. Elle me jauge, esquisse un sourire.

« T'as salement morflé, Jonas. Tu n'es pas venu m'annoncer un décès, j'imagine (je fais non de la tête), alors ça peut attendre demain. Je suis fatiguée par ma journée, et trop endormie pour parler. Viens, je vais te préparer un lit. »

Nous montons en silence l'escalier, une marche grince. Je me souviens de notre mère s'en plaignant au matin. « Ce n'est pas possible, Natalia, on réveille toute la maisonnée en allant aux toilettes ! » Cela l'aurait peut-être rendue heureuse que je profite de ma visite pour la réparer. Elle m'aurait observé avec fierté sortir un tournevis et un marteau. Elle aurait regardé, assise sur sa chaise, le cœur gorgé d'amour maternel, ce fils devenu homme, un « vrai », capable de remettre le monde en ordre, une marche à la fois. Mon père m'aurait filé un coup de main, nous aurions vécu un petit moment à nous. Je me promets d'y jeter un œil, demain, après nos retrouvailles.

Je m'assois sur le fauteuil que Natalia m'indique tandis qu'elle sort d'une lourde armoire une paire de draps. Je me relève, m'approche, elle me fixe en silence et je vois dans le bleu de ses yeux un doute, comme si elle pensait avoir une hallucination. Elle ne dit rien et me tend un pan du drap. Nous l'attachons au matelas. D'un revers de la main, elle lisse les plis qui restent. « On dirait maman », dis-je en rompant le silence. Elle relève la tête, me pose une main sur les cheveux. « On parlera demain. Bonne nuit. » Elle sort, j'entends ses pas dans le couloir, une porte qui se ferme, le bruit d'un matelas grinçant. Je me déshabille dans le noir et m'allonge. L'oreiller sent le moisi, une odeur presque agréable. Natalia est à quelques mètres, pourtant ce sont bien huit ans qui nous séparent.

J'ai l'impression d'avoir mieux dormi que sur les deux dernières années réunies. Il doit être tard, j'entends Nat' qui s'active en bas. Le sifflement de la cafetière qui chauffe achève de me réveiller. À travers les volets, la poussière volette mollement dans les rayons lumineux. Sur le plancher, une tache de vin que j'avais faite en riant à une blague de mon père, un des rares Noëls fêtés ici. Il avait passé sa tête par l'encoignure de la porte, un bonnet à pompon rouge à la main. « Bonne nuit, fiston. » Je sirotais un dernier verre en lisant un magazine. « Tu as laissé un bol de lait pour les rênes ? » Je ne sais plus très bien ce que j'avais répondu ni ce qu'il avait dit, mais nous avions tellement ri que le verre avait fini brisé par terre.

Je devrais me lever, descendre, mais j'ai envie de prendre mon temps, ce matin. Je suis bien dans ce lit. Dans la brume du réveil, Isabelle me rejoint dans la douche. Elle s'efface. Les seins de Khadija m'apparaissent. Ils flottent dans l'air, lumineux. Quelque chose monte du fond de mon cerveau. Non, n'y pense pas. Merde, trop tard. Douze ans, déjà. J'ai pourtant fait tous les efforts du monde pour oublier son visage douloureux, ses appels à l'aide. Je revois mon père, peu de temps avant de mourir dans un lit des urgences, un anonyme qui part dans l'insouciance des soignants et du reste du monde. Ses deux mains se tordent nerveusement, s'enlacent, s'enserrent. La droite écrase les doigts de la gauche, puis l'étreinte se relâche, avant de reprendre. Des petites traînées blafardes apparaissent sur la peau de son visage. Le blanc des morts remplace le rouge pourpre des joues travaillé par des années d'alcoolisme, consciencieusement, plus que tout autre chose dans sa vie. Je ne peux rien faire pour le sauver. Il ne veut pas mourir et pourtant il n'a pas le choix. Je croyais avoir oublié cette sensation qui monte, mes tripes se serrent. Cela a commencé dans les transports, les jours suivant sa mort. Des matins sales, de ceux qui annoncent des mauvais jours et des semaines moroses. D'abord, palpitations et, crac, c'est parti : mon ventre se retourne, mon cœur bat la chamade, les larmes me viennent. Puis, comme chaque fois, cela s'estompe. Je m'essuie les yeux, j'espère que Natalia ne m'a pas entendu. Un coup d'œil dans la glace, ça va, je peux descendre.

Dans la cuisine au rez-de-chaussée, je la vois clairement. Elle est de profil, devant la gazinière, tenant la cafetière italienne, une manique à la main. Elle a vieilli, mais elle est restée plutôt jolie. Deux bols sont posés face à face sur la table massive en bois, pas d'enfants à l'horizon, pas de jouets, de dessins sur le frigo, ni de céréales sur la table.

« Coucou, Nat' », dis-je, incertain.

Elle se retourne pour me saluer et avance vers la table.

« Assieds-toi, il y a du café là, sers-toi autant que tu veux. »

Je m'exécute. Elle tire l'une des chaises lourdement et s'installe en face de moi. Ces gestes maladroits traduisent l'agitation. Je parle en premier.

« Il n'est pas là...

— Léon ?

– Oui, Léon, pardon, ça fait quelques années...

– Ce n'est pas grave. On oublie les prénoms aujourd'hui. Non, il n'est pas là, depuis quelques années, lui aussi.

– Ah, OK, je vois. »

J'ai senti un reproche, factuel mais digéré, presque dénué d'affect. Elle m'observe avec ses mirettes bleues héritées du paternel, les coudes posés sur la table, son bol fumant entre les mains.

« Et Isabelle ? Je vois que tu es venu seul, j'imagine que... »

Sa question est sincère, mélange de curiosité et de compassion.

« Oui. »

Elle marque un temps pour appréhender l'immense complexité de ma situation. Pour Nat', je suis un gars de la ville, empêtré dans des affaires impossibles. Elle reprend :

« C'est elle ou c'est toi ?

– Je crois que c'est nous deux au fond. Et toi, c'était lui ou toi ? »

Pas de temps à perdre dans les formules creuses et les politesses, les *tu as bien dormi*, les *quelle belle journée*. On a beaucoup de temps à rattraper.

« C'était lui. Il s'est barré avec une pétasse de passage qu'il a mise en cloque.

– Je vois le genre... et donc les enfants ? »

Je tâtonne, je sais que c'était son rêve d'avoir une petite famille.

« Y en a pas. »

Toujours cette façon d'affirmer les choses sans détour, d'évacuer en deux mots les sujets trop douloureux.

« Je suis tombée enceinte, il y a six ans. Avec Léon, on était contents. J'ai essayé de t'appeler pour te prévenir, mais le téléphone ne marchait déjà plus vraiment. On serait venus te voir si ça avait (elle déglutit bruyamment), si ça avait marché. Voilà. C'est tout. »

Le mutisme s'installe entre nous, j'hésite, lui prends la main.

« Tu sais, Nat', ça arrive à beaucoup de femmes, c'est normal, c'est fréquent, je l'ai vu mille fois...

– Oui, je sais. Ce n'est pas ma faute. (Elle boit une nouvelle gorgée de café, regarde au-dehors, revient à moi.) Rien n'est la faute de personne. Les urgences qui ont fermé à côté, ce n'est pas leur faute. Ni le SAMU, qui a mis une heure trente à arriver. Ce n'est pas celle de Léon non plus de s'être barré avec sa salope en cloque. »

Je reste silencieux. Elle se lève et pose bruyamment son bol dans l'évier. Je sens que son agitation revient.

« Pourquoi tu es venu, Jonas ? »

Elle tape du pied.

« Peut-être que j'ai eu peur de ne jamais te revoir, tout simplement. Laisse, je vais faire la vaisselle », dis-je en me levant.

Elle quitte la pièce, je l'entends s'affaler sur le canapé et allumer une cigarette. Une forte odeur de beuh me parvient rapidement aux narines. Quand j'arrive dans le salon, m'essuyant les mains dans une serviette, elle reprend sans me regarder, son joint forme des volutes de fumée qui montent doucement au plafond...

« Tu te rends compte de ce que la vie nous a réservé ? T'y aurais cru, toi, plus jeune, si on t'avait dit comment tout ça allait finir ?

– Bien sûr que non ! Tu te doutes bien que je n'ai jamais anticipé toutes les urgences et les merdes à gérer, les séparations de gré ou de force...

– Ouais, d'abord papa... puis maman, puis Léon...

– On pourrait faire la liste des absents longtemps, Nat'. »

J'essaye l'humour mais cela n'a pas l'air de fonctionner. Elle ne sait pas encore que j'ajoute mon nom en bas, après ceux de tous les autres. Je m'assois sur une chaise en face d'elle. Elle pose le joint sur le rebord du cendrier. Le temps semble se figer entre nous, épais, presque sécable au couteau.

« Tu sais que c'est l'anniversaire de la mort de papa aujourd'hui ? Je repense encore à lui, là, et... dis, tu te souviens de sa voix, toi ?

– Oui... je m'en souviens un peu.

– Moi non, j'ai oublié. (Elle continue plus bas, comme si elle se parlait à elle-même, je dois tendre l'oreille pour l'entendre.) Tu te rends compte : j'ai oublié la voix de mon père. Et celle de maman, je m'en souviens à peine. Il reste quoi alors, après, si même tes propres enfants oublient le son de ta voix ? »

Je fouille dans mes souvenirs, une vision de mon père m'apparaît. Debout, rigide, les sourcils froncés, il nous gronde. Nous sommes tous les deux costumés, nous jouons aux apprentis magiciens dans la cuisine. Farine éparpillée sur le plan de travail et dans nos cheveux, le grand bol transparent qui tanguait sur le rebord a fini par s'écraser au sol, des bris de verre jonchent le carrelage.

« En fait, je me souviens surtout de sa voix lorsqu'il gueulait. »

Nat' se redresse, ses yeux s'enflamment.

« Ah oui... c'était... »

Nous reprenons en chœur l'antique admonestation paternelle, voix grave, rayée, mots ramassés qui s'entrechoquent les uns aux autres, débit rapide, saccadé :

« C'est pas bientôt fini, ces conneries ?! »

Nat' lance sa tête en arrière, sourire aux lèvres. Le silence revient. Je regarde autour de moi cherchant un sujet de conversation, sous la table basse en chêne, un vieux panier avec des poils. Je le pointe du pied.

« T'as un chat ?

– J'avais. Il a disparu et je n'en ai jamais repris. C'est trop de chagrin quand ça part. On s'habitue à ces petites bêtes.

– Tu te rappelles comment maman avait menti pour Crapaud ? »

Elle reprend le joint, tire une dernière bouffée.

« Je ne lui ai toujours pas pardonné... Franchement, qui raconte à des enfants que le chat est parti pour une autre famille au lieu de dire qu'il est mort ? C'est cruel. »

Nat' écrase le mégot, se relève, passe dans la cuisine et revient avec son bol de café. Elle en boit une gorgée debout, me regarde.

« Oui, j'en bois trop, je sais, doc'. Mais moi au moins je ne fume pas un paquet par jour...

– J'ai réduit... beaucoup !

– Il s'est passé quoi ?

– Rien. J'ai juste vieilli et, passé la trentaine, tu sens la pente s'incliner, alors il faut ralentir. »

Elle agrée d'un grognement, pose le bol et s'allonge sur le canapé. Je l'observe, son ventre se soulève lentement.

« Et alors... pourquoi ça a mal tourné avec Léon ? Tu avais l'air heureuse avec lui, je n'arrive pas à l'imaginer partir avec une autre sur un coup de tête. Ça ne peut pas juste être le bébé ? »

Elle se redresse légèrement, la tête reposant sur son bras gauche, et me regarde, pupilles dilatées.

« Après la fausse couche, on a essayé de recoller les morceaux. Mais quelque chose était brisé, dans le quotidien, dans la mécanique du couple... En fait, je crois que je ne saurais pas vraiment te l'expliquer. Et avant qu'on ait pu signer l'armistice, il avait foutu l'autre conne enceinte, moi j'étais devenue un vieux nénuphar. On aurait pu s'essayer au grand voyage cathartique, tu vois le genre ? Celui qui ravive la flamme sur fond de drap de soie, de poppers et de champagne, mais je crois qu'on se dégoûtait, chacun soi-même, en fait. »

Elle a parlé d'une traite, comme on vide son sac sur le sol, en panique, pour chercher ses clés. Nat' relâche le poids de sa tête, ses cheveux blonds étalés sur le sofa, ferme les yeux à moitié. Je murmure :

« Et ça n'aurait pas marché, tu penses, ce voyage de la dernière chance ? »

Elle se perd dans le vide.

« Non, c'était impossible à recoller... »

La beuh semble lui avoir fait l'effet d'un désinhibiteur, la brèche est ouverte, Nat' est disposée à parler, beaucoup, de tout. Je l'écoute sans la couper, je pose à peine quelques questions. Moi assis, elle allongée, comme une séance accélérée de psychologie de famille. Tout y passe, ses regrets, ce qu'elle aurait voulu faire différemment pour qu'il reste, la difficulté à vivre ici seule, cet enfant qu'elle aurait tant aimé voir grandir. La peur du futur aussi, celle de ne rien avoir à léguer à sa mort, pas même le son d'une voix.

« Pourquoi je te raconte tout ça ?

– Peut-être parce que je n'étais pas là pour l'entendre avant. »

Les yeux de mon père m'observent.

« Ça me fait plaisir de te voir malgré tout, tu le sais ?

– Je sais, Nat'. Moi aussi. »

12

Cela fait maintenant dix jours que nous reprenons avec Nat' le fil décousu de notre relation. Bien sûr, tout n'est pas réparable, mais on peut au moins boucher les trous béants, jeter des branches en travers du fossé pour le traverser. Nous avons trop à nous dire, pas assez de temps pour le faire. Nous parlons, surtout le soir, le reste de la journée, Nat' va travailler et je l'aide. Traire la chèvre, ce n'est pas très compliqué, biner la terre, c'est différent, j'ai mal au dos à force. Elle est sèche, poussiéreuse, ne donne presque rien. Avant de planter, il faut enlever trente bons centimètres, dégager la couche ravagée par les pesticides et les engrais phosphatés. Derrière la maison, un immense tas s'accumule. Voilà ce que l'on fait aujourd'hui, jeter la terre. À force d'être penchée, Natalia a des problèmes de vertèbres. J'ai jeté un œil hier, une scoliose bien avancée, sans doute un début de spondylarthropathie. Je n'ai rien dit, ni chirurgie ni corticoïdes ne lui viendront en aide. « Ce n'est rien, un petit froissement musculaire, tu devrais mettre une bouillotte. » Elle s'est levée pour faire chauffer de l'eau, remplir une petite poche, la coller entre la quatrième et la cinquième vertèbre. La nuit, je l'entends parfois bouger dans son lit, le grincement du matelas précède un grognement de douleur. Dans quelques années, elle ne pourra plus se courber. Il faudra trouver un autre moyen de travailler, si elle le peut.

Ce matin, elle m'emmène pour la première fois au marché, vendre des produits de la ferme. Nous nous sommes levés à l'aube pour profiter de la fraîcheur pendant le chargement du camion.

« Il est peut-être censé pleuvoir la semaine prochaine. Je n'y crois pas trop, mais ce serait bien, dit-elle en déposant la dernière caisse à l'arrière de son pick-up.

– Oui, j'imagine, et sinon tu vas faire quoi ?

– Ça ira, j'ai fait attention, je n'ai pas trop planté. Il y a trois ans les voisins avaient été un peu trop sûrs d'eux. On a eu des restrictions d'eau. Ils ont dû choisir quelles parcelles laisser crever et abattre la moitié de leurs chèvres. »

Le chargement achevé, nous montons à l'avant. Natalia démarre le moteur, l'engin se met à vibrer, le tuyau d'échappement libère une fumée noirâtre. Elle se cache le visage en riant, honteuse.

« Oui, je sais, *c'est pas bien*. Enfin, on a une cuve pleine de mazout au village. Il faut bien que ça serve maintenant qu'on l'a sorti de terre. Attends, la ceinture ne marche pas. Ce tas de merde ne va pas vite, ne t'inquiète pas.

– Il est loin, le marché ?

– Non, il est place de la Poste. Tu as dû passer par là en sortant du train.

– Oui, enfin, tu veux dire place de l'ex-Poste.

– Elle a fermé, trois-quatre ans après notre arrivée là. (Elle met un ccup de volant à droite et amorce un virage serré.) Après, ça a été la boulangerie. Puis la supérette. D'abord, ils ont rajouté des machines automatiques, soi-disant pour améliorer le service. Pour virer des gens, oui. (Coup de virage à gauche, je me tiens à la portière pour ne pas lui atterrir dessus, il va assez vite, son tas de merde. Elle continue.) Les gens du village, les vieux surtout, les machines ça ne marchait pas pour eux. Ce n'est pas qu'ils ne savent pas sans servir. Ils ne sont pas débiles, quand tu leur expliques, ils comprennent très bien. Mais quand ils allaient à la supérette, ce qu'ils voulaient, c'était parler à quelqu'un. Le café qui manque, le sucre qu'on a oublié d'acheter, ce n'était qu'un prétexte. Les gens revenaient, se croisaient dans les rayons, dans la file d'attente. Ça faisait société, comme on dit. Mais bon, c'est de l'histoire ancienne. (Virage, à l'arrière une caisse tombe au sol, elle rit.) Tire pas cette tronche, c'est pas grave, la carotte, c'est indestructible !

– Et vous n'avez pas manifesté, ou fait quelque chose d'autre ?

– Si, on a fait des pétitions. Tu voulais qu'on fasse quoi de plus ? Qu'on pose des bombes pour sauver une supérette ? (Elle rit de nouveau. Un coup de frein sec me propulse de quelques centimètres en avant.) On y est. »

Je descends du pick-up, la place est illuminée par le soleil, la chaleur se répand entre les étals. Les commerçants du coin déballent patates, betteraves, choux, poireaux. Nous avons vite réappris que rien d'exotique ne poussait en France. Nat' a les gestes assurés et précis, elle en veut pour son argent. Je déballe un carton de tomates et les pose, une par une, bien alignées, au premier rang pour attirer la clientèle. Nat' s'éloigne pour saluer le couple qui tient l'étal jouxtant le nôtre. Ils vivent dans la ferme d'à côté. Elle me pointe du doigt, de loin, je lis sur ses lèvres. « C'est mon frère. » Fierté ou justification ? Un nouveau venu à Arcis se repère facilement, même si je l'avais voulu, je ne serais pas resté anonyme longtemps. Les voisins hochent la tête gravement.

Ma première cliente est une dame bien âgée qui a l'air attachée, presque obstinée, à vivre. Elle balade ses rides sur « mon » étal. Avec ses doigts fripés, elle attrape chaque légume, le presse, s'assure de sa maturité, renifle avec circonspection, lécherait presque pour vérifier le goût. Nat' discute encore, cette fois-ci avec un gars qui doit avoir mon âge. Il était derrière un étal, un autre vendeur du coin sans doute. Ils ont l'air de bien s'entendre, même de se chercher un peu, bien qu'il ne soit pas très beau : la mine rougeaude, les cheveux ras, le double menton bien dessiné. « Voilà, merci madame, bonne journée. » La vieille s'éloigne, le dos courbé, avec ses légumes sous le bras. En voilà une qui a bien retenu sa leçon, on ne risque pas d'avoir à lui demander de baisser la tête. Natalia finira pareil, le cerveau au niveau des pieds, si la terre ne la tue pas avant.

La matinée est longue, éreintante sous le soleil. Les visages se succèdent, Nat' les connaît tous et a un mot pour chacun. « Bonjour, madame Michu. » « Merci, monsieur Dupont. » « Non, nous ne vendons pas de salade aujourd'hui, vous voyez bien. Oui, je sais, c'est la saison, mais vous savez bien que les saisons, ça n'existe plus. Oui, c'est triste. Que voulez-vous, *c'est la vie* ! Une petite carotte pour la route ? »

« Jonas, tu aides ou quoi ? Faut qu'on se dépêche ! »

Je prends une cagette et la place dans le camion. Nat' est pressée de rentrer. La nuit tombe bientôt et Arcis est sans électricité depuis un an. Un matin, elle s'est levée, le courant était coupé, il n'est jamais revenu. Sans explication, sans réparateur, sans personne à qui se plaindre, les habitants ont ressorti les bougies, les manivelles, les seaux.

« Alors tu pars quand ? »

Elle lâche la route des yeux et me dévisage.

« De quoi tu parles ?

– La tente. Tu croyais que je n'allais pas la voir sous le lit ? Et ne te fous pas de ma gueule, on est peut-être à la campagne, mais on n'est pas plus cons qu'en ville. Je sais très bien que c'est pour te barrer au nord. »

J'aurais pu mieux la cacher. Elle ne me quitte pas du regard.

« La route, Nat', la route, putain !

– Je m'en branle de ta route. Je la connais par cœur. Jusqu'à la butte, c'est une ligne droite, je peux la faire les yeux fermés. Tu crois quoi ? Réponds. »

Je ne voulais pas la laisser à Kross. Les adieux étaient faits et j'avais besoin de sentir ce poids en marchant, de savoir que tout était là, d'avoir la matérialité du départ sur mon dos.

« Pas tout de suite, Nat'. »

Je guette sa réaction, elle semble se détendre un peu.

« Tant mieux. C'est bien que tu sois là, au moins encore un peu, c'est... moins dur. »

Son regard circule maintenant de la route à moi, dans l'expectative de ma réponse.

« Oui, j'imagine. Maintenant, est-ce que tu veux bien arrêter d'essayer de nous tuer ? »

Elle glousse.

« Allez, avoue, Jonas. Finalement, on est pas si mal chez sa sœurette ! »

Elle reporte son attention sur la route, juste avant un premier virage, et tourne à droite. Nous remontons la butte qui surplombe Arcis et donne plein ouest. En contrebas, je distingue des bateaux sur la terre.

« Le lac ? »

Elle hoche la tête, concentrée sur le prochain virage. Je me tais et ferme les yeux. Finalement, qu'importe si le chemin est sinueux, le lac sec, la route incertaine, semées d'embûches, de pièges, de retours, d'adieux, de tristesse, on finira peut-être par s'en sortir.

13

À Arcis, la poussière est partout, sous les portes, sous les assiettes, dans les lits. Le monde est devenu poussière, la terre craquelée en crache sans discontinuer. *Bim*, un coup de bêche, elle s'envole. *Bim*, les mains se recouvrent d'une pellicule orangée. Il pourrait pleuvoir, comme l'a dit Nat', cela fixerait tout au sol, mais le ciel est désespérément bleu. Je lève la tête en entendant le bruit d'une Jeep qui remonte l'allée et reconnais le rougeaud du marché au volant. Il soulève derrière lui tant de poussière que je ne distingue bientôt plus celle de mon travail. Je ne l'ai pas revu depuis quelques semaines déjà, ma notion du temps n'est plus si nette. Sa voiture s'arrête devant, j'enlève le foulard de ma bouche. Il descend, court sur pattes. « Salut », bredouille-t-il, visiblement mal à l'aise. Il n'a pas dû retenir les traits de mon visage, il ne doit pas être bien sûr que je sois le frère. « Natalia est là ? » Je lui indique l'arrière de la maison, près du puits, il s'y dirige. Qu'est-ce qu'elle lui trouve ? Nat' a beau avoir vieilli, elle reste une belle femme. Est-ce simplement la pénurie d'hommes ? Je reconnais qu'en près de deux mois à Arcis je n'en ai pas vu un seul qui en vaille le coup.

Lourds, usés, impuissants sans doute, ils ont tous quelque chose qui cloche.

Le dîner achevé, hier, elle m'a parlé de lui. À mots couverts, comme une adolescente. J'avais débarrassé la table, Nat' s'était assise sur le sofa en roulant un joint bien tassé. Production locale, à l'arrière du poulailler. Je préférais les trucs chimiques de ma période cachetons-boîte de nuit, mais la beuh de Nat' a un goût particulièrement sensible, une bouffée d'air. Elle m'a passé le calumet de la paix en avouant, rougissante, qu'ils couchent « un peu » ensemble. Je ne vois pas trop ce qu'est « un peu », je me suis contenté de tirer sur le joint. *Avant*, Rougeaud bossait dans un camping en bas, sur le lac. L'été, il était animateur. L'hiver, il s'occupait de tailler les haies et de dégeler les tuyaux. Rougeaud a perdu son travail lorsque Arcis a perdu son lac. Le camping a fermé ses portes. Fini les soirées karaoké, les grillades au barbecue et le boom des naissances neuf mois après, lorsque les prolétaires revenus dans leur pavillon périurbain mettaient bas les rejetons du seul moment heureux de l'année.

Je ne pleure pas ce genre de disparition. Le camping était, lui aussi, une illusion qui nous a menés droit dans le mur. Le confort de la « civilisation » en tout lieu, des arbres oui, mais avec des micro-ondes ! On aurait pu en faire des pancartes. Comme chacun, Rougeaud a pris sa petite part au désastre, consciencieusement, avec régularité et précision. Il a serré les mains, guidé les voyageurs jusqu'à leur emplacement, surveillé les enfants dans la piscine, vendu les baguettes du matin, fait danser les mamies, renseigné sur les sites touristiques de la région. Il a même, fierté qu'il conserve jusqu'à aujourd'hui, été moniteur de voile sur le lac. Dans sa barque, il emportait une dizaine d'enfants ébahis, hissait le long du mât la grande toile blanche, longeait le chenal marqué de bouées jaunes, et faisait le tour complet pendant une heure. Avec une forme d'amour, Rougeaud a donné un quart de sa vie au camping municipal trois étoiles d'Arcis-sur-Lac.

Après, il y a eu le chômage, le dossier Pôle emploi, les premières tentatives de reconversion, toutes vouées à l'échec. Les jobs qui demandaient une ou deux heures de route chaque matin, pour travailler moins de temps qu'il en fallait pour payer l'essence. Puis, la chaleur écrasante, l'hiver et la pluie qui ne viennent pas, et la révélation : Rougeaud sera agriculteur. Il fallait des bras pour travailler la terre et nourrir les Hommes. Le réchauffement planétaire avait réussi à le remettre au boulot mieux que des années de politique publique contre le chômage. Rougeaud cultive, comme Nat', des légumes en terre, ce qui lui va assez bien. Je ne l'imagine pas faire pousser des fraises ou des cerises avec ses dix doigts.

Je m'assois sur le banc de la terrasse et regarde le jardin. Je ferme les yeux et penche la tête en arrière. La nuit dernière, j'ai encore rêvé de Khadija. Les premières fois, au réveil, les images étaient floues, incertaines, imprécises. À présent, le film est clair. Il y a deux scénarios possibles, le premier est celui que je préfère. Soit elle arrive par surprise, me retrouve au bout d'une longue quête, après avoir traversé la moitié du pays pour me voir. Soit je l'appelle sur le « numéro d'urgence » qu'elle m'avait laissé il y a quelques mois, « si tu n'as plus de nouvelles de moi durant longtemps ». Elle décroche, elle me pardonne. Dans les deux cas, elle apparaît un matin au pas de la porte. J'ouvre. Elle m'embrasse. Je la prends dans mes bras. Nous faisons l'amour. Elle se découvre une tendresse pour la terre, pour le travail concret, loin des illusions politiques. Nous écoutons ensemble le calme de la nuit.

Un son rauque me sort de ma rêverie. Cela vient de derrière la maison. J'imagine que Rougeaud est venu tirer son coup. J'essaye de chasser de mon esprit l'image de son visage déformé par le plaisir, la carotide saillante, les yeux exorbités, le souffle court. Pauvre Natalia, Léon était quand même plus élégant. Je ne doute pas que lui savait baiser correctement, équitablement dans le plaisir donné et reçu. Avec Léon, il y avait en plus un projet, chaque coup de reins, chaque gémissement, avait un but. Pourquoi se frotter les uns aux autres, sinon ? Par la fenêtre de la cuisine, j'entends la radio diffuser son lot de musiques relaxantes. Piano, violon, tout ce qui est lacrymal à souhait. Ils ont dû faire des études sur les ondes et l'apaisement neuronal. Bientôt l'heure des infos. C'est agréable de constater que la voix des journalistes n'a pas changé. Ils commentent poliment la déréliction du monde. Un ton de documentaire animalier. Ravitaillement demain à Tours, incendie en Bretagne, l'illusion que l'État tient encore la boutique, que la France est une et indivisible. Incidents contrôlés à Paris. Tiens, la capitale. Des jeunes inconscients qui ont voulu occuper le ministère de la Justice, protester contre les arrestations d'un groupe de militants. J'espère que Khadija n'était pas dans le coup. Les informations s'estompent, la musique revient, j'étends mes jambes et croise les mains sur mon ventre. Je sens la peau plus ferme, les abdominaux plus durs. Hier, en rangeant la tente, j'ai croisé mon reflet dans la grande glace incrustée à la porte de l'armoire. Je me suis arrêté pour regarder mes rides du front, celles au coin des yeux, la peau un peu sèche, la barbe blanche par endroits, les traces du temps qui passe. J'ai attrapé une poignée de cheveux, tiré, ils sont restés bien accrochés au cuir, je vais éviter la calvitie paternelle. J'ai fermé la porte du placard en y laissant mon matériel de camping, mes angoisses et mes peurs. Il fallait des racines plutôt qu'une fuite, c'était donc si simple. Ici, dans ce foyer familial, entre la bêche et Nat', du divan à la cuisine, de la maison au champ, je crois pouvoir essayer.

Rougeaud repasse, les joues écarlates. Il me salue de loin, je lève la main en réponse. Trois petits pas, il repart, aussi vite qu'il est venu. J'espère que Nat' est ménopausée, ce n'est pas le genre de génome qu'on a envie de voir se reproduire. Sa jeep laisse un tas de poussière en suspension. Je fais le tour de la maison, rejoins Nat' près du puits. Elle a une mèche de travers, la replace quand elle m'aperçoit. « Quoi ? » Elle me tourne le dos, tire sur la corde, la poulie couine, le seau remonte. « Je t'emmerde, Jonas. Tu le sais, ça ? »

Ce matin aux premières lueurs, le café à peine avalé, nous sommes sortis dans le champ ramasser les dernières tomates. Elles poussent même en novembre à présent. Les plants ne sont pas bien gros, les fruits non plus. Avec le peu de flotte qui sort du puits, ce n'est guère étonnant. Nat' est déçue, je le sens bien, je crois qu'elle retient une larme. Qu'importe, il faut les récolter, pas le temps d'attendre. La pluie est annoncée pour la fin du mois, les nouveaux semis doivent en profiter.

Entre deux plants, une cagette à la main, je me souviens de notre mère qui ramenait souvent du supermarché des sacs plastique débordants de tomates en promotion. Savait-elle qu'elle ravageait l'avenir de ses enfants, en faisant du coulis maison ? Elle garait le vieux diesel devant chez nous, appuyait sur la sonnette, trois fois, pour que nous sortions l'aider à décharger. Je détestais ce moment. Parfois, avec Nat', nous nous planquions pour échapper à la corvée. Notre mère ne nous trouvait jamais. « Natalia, Jonas, vous êtes où ? Je suis fatiguée, venez m'aider ! » On pouffait discrètement. Elle abandonnait la recherche et retournait seule, essoufflée, à la voiture, ouvrait le coffre, et portait à bout de bras ses dix kilos de tomates glyphosatées, pour ses deux enfants chéris.

Nous ramassons l'entièreté du champ. Les plants arrachés au sol, une fois bien secs, feront un tamis protégeant les futures plantations. Une partie de la récolte sera vendue au marché, le reste servira à faire des conserves et à garder des graines. Nous rangeons les cagettes dans un petit abri au bout du champ, à demi enfoui, protégé des nuisibles et du soleil. Le travail de la terre n'a rien de bucolique. Il est ingrat, harassant, méthodique, besogneux. Je pose le dernier cageot sur la pile, Nat' me demande de le ressortir.

« Avec le sucre qu'elles ont, on va en faire quelque chose, non ?

– S'il s'agit d'en bouffer encore une fois, je vais sauter par la fenêtre ! »

Elle se marre.

« Non, je pensais à autre chose, plus sympa. Viens voir, le citadin. »

Elle a prononcé ces derniers mots avec un accent se voulant campagnard et qui me fait glousser. Dans ce qui devait être un cagibi à l'arrière de la maison, avec sa porte défoncée donnant directement sur l'extérieur, elle exhibe fièrement un alambic. Je feins l'admiration, ces trucs-là n'ont rien d'original depuis des années. Tout le monde fait sa picole maintenant, même à Paris. J'ai arrosé l'immeuble avec un cognac fait maison. Isabelle gueulait chaque fois, non pas à cause de l'odeur qu'elle aimait bien, mais parce qu'elle craignait que je ne fasse exploser le pâté de maisons. Force est de le reconnaître, je suis surpris que ce ne soit pas arrivé. Je complimente Nat' sur la bête. Elle sourit avec fierté.

« C'était à Léon. C'est à moi maintenant. »

Plus besoin de juge aux affaires familiales pour séparer les biens, un départ sans retour suffit.

« Et tu fais de l'alcool de tomates ? Ça ne rend pas aveugle ?

– Non, c'est très bon. Tu verras bientôt... enfin si tu restes, bien sûr ! s'empresse-t-elle d'ajouter.

– Nat', arrête, je suis là maintenant. Tu sais très bien que je suis parti pour étendre mon séjour (je souris). Tu me fais goûter la cuvée de l'année dernière ? »

Elle sort du placard au-dessus d'elle un pot qui devait contenir de la confiture. Je n'arrive pas à compter, il doit bien y en avoir pour une trentaine de litres au total.

« Je ne bois quasiment pas. Il faut bien que l'alambic serve. »

Je hausse les épaules en signe d'approbation, prends le pot qu'elle me tend, tourne le couvercle, force. *Shlack.*

« Je peux ? »

C'est âcre, assez puissant, plutôt réussi, brut de décoffrage. Il faudrait que j'en rapporte à Paris pour Khadija, elle devrait aimer cela, un souvenir de vacances que nous viderions ensemble. Nous ressortons du cagibi poussiéreux, elle une cagette vide à la main, moi un pot plein. J'ai bien envie de le finir ce soir. À Paris, avant, pas un soir sans qu'un copain rince sa tournée dans un bar. Alors oui, ce soir je vais me lourder la tronche, et Nat' s'en fichera. Elle ne peut pas me faire de leçon, vu ce que picole le type avec qui elle couche. J'imagine qu'il en boit, de la liqueur de tomates, à en rendre malade un régiment.

« Demain on s'occupera de la cage à abeilles ? »

Elle a dit cela avec naturel, spontanéité, parlant à un colocataire de longue durée.

« Ouais, évidemment, je te monterai ça vite fait bien fait. J'ai vu les plans que tu as dessinés, ce n'est pas bien compliqué. »

Trois planches de bois, du grillage au maillage très fin, une ouverture de leur diamètre qui ne laisse pas entrer les prédateurs, et particulièrement ces gros frelons orange venus d'Asie, le tour est joué. J'avale une gorgée dans le pot. Je regarde le champ en contrebas.

« T'imagines quand même, Nat', si on avait dit à papa qu'un jour on mettrait les abeilles en cage. »

14

Le mois dernier, j'ai trouvé un vélo rouillé dans le garage. Il n'avait pas servi depuis le départ de son mec. Nat' l'avait rangé là, avec des cartons d'affaires, les seules qu'elle n'ait pas brûlées. Je l'imagine bien, dans sa fureur, ramasser les chaussettes du père Léon, les rouler en tas devant la maison, sur les pavés, les imbiber d'essence – quitte à ne pas avoir de quoi rouler le lendemain –, et les contempler là, captivée par les flammes et par l'audace de son propre geste. On a beau dire : le feu purifie et ne laisse pas de traces. Rien d'étonnant que les corps soient aujourd'hui incinérés, ce n'est guère plus radical que de brûler les affaires de son ex.

J'ai ouvert la porte du garage, un peu honteux, caché, curieux de ce qui s'y trouvait. Le pick-up est dehors, Nat' ne le rentre pas, même la nuit. « Qui me volerait cette merde ? », m'avait-elle répondu, bourrue. Tel un enfant, j'ai d'abord pris soin de vérifier qu'elle était occupée et ne me verrait pas. La porte coinçait, j'ai poussé avec mon épaule. Elle a cédé dans un craquement, et le vélo était là. Elle m'a immédiatement autorisé à l'utiliser, heureuse que ces objets aient une deuxième vie. Elle m'aurait presque donné les vêtements de Léon, s'ils avaient survécu au bûcher.

Après quelques réparations à l'huile de coude, je me suis mis en selle. Les cahots sur la route m'ont d'abord fait mal, j'avais oublié qu'il faut le cuir solide pour s'enquiller des dizaines de bornes par jour. Rapidement, j'ai repris le rythme. Le dérailleur claque bruyamment, et à chaque rebond je sonne, mais s'il est une liberté, elle se trouve bien entre la selle et le guidon, avec le sentiment de ne dépendre que de ses muscles et d'une vieille mécanique pour avancer. Arcis n'est pas un petit bourg, par sa taille. Il doit bien faire quinze kilomètres de long, de champs en granges, de poteaux électriques abandonnés en haies feuillues. Depuis ma découverte, je ne circule plus qu'en deux-roues, je laisse le camion à Nat' pour ses trajets au marché. J'ai cessé d'y aller, vendre des légumes me déprime. Nous savons tous que la terre est empoisonnée et que chaque coup de fourchette tue. Ce que produit Nat' est pourtant « bio », juste de la transpiration humaine et la force des poignets. Ce n'est pas sa faute si sa terre est en vrac. L'agriculteur à qui elle l'a rachetée ne savait pas qu'il la condamnait, avec amour et professionnalisme, année après année.

Le bolide de la maire m'a dépassé à bonne allure, sur la dernière ligne droite avant la maison. J'ai lancé un salut de la main, sans voir si la conductrice, à contre-jour, me répondait. Mardi, c'est le jour de sa visite, mais elle est en avance. Elle ne passe généralement pas avant seize heures, après sa sieste, le temps qu'elle récupère des gorgées du matin et du déjeuner. Je décide d'accélérer mes coups de pédale pour avoir le temps de lui dire bonjour. Elle ne reste jamais longtemps et cela se fait de saluer Madame la Maire. Haute comme trois pommes transgéniques, mais énergique comme dix poulets OGM, elle aurait fait fureur autrefois face aux préfets, aux ministres, aux médias. Elle passe chaque semaine chez tous ses administrés, serre les paluches, avale les rasades de gnôle locale, s'enquiert de l'état des récoltes, des problèmes d'irrigation. Après son élection, la question ne s'est plus posée de voter pour quelqu'un d'autre, ni de revoter tout court. Pourquoi dépenser de l'énergie et du temps pour changer la tête de proue, lorsqu'elle fonctionne bien ? Elle a continué son mandat, étiré dans le temps, personne n'a trouvé à y redire.

J'arrive sur les pavés, essoufflé, et pose mon vélo contre la rambarde de la terrasse. À l'intérieur, Natalia est assise dans le canapé, face à elle, sur une chaise, trois petites pommes trépignent.

« Ah, vous tombez bien, vous ! m'accueille-t-elle au pas du salon. Dites, vous qui venez de Paris, vous comprenez ça ? »

Elle me tend un bout de papier, format A4, mauvaise qualité, c'est un papier recyclé trop de fois, jaunâtre, craquelé. « Manifestation contre le rationnement de l'eau », le 20 février – dans trois semaines à peine –, place de la Poste. Je le lui rends tandis qu'elle fait les cent pas dans la pièce. Elle poursuit sa diatribe contre les agitateurs malvenus.

« C'est quand même incroyable ! Que veulent-ils, ceux-là ? Le retour du bordel ? »

Je croise le regard de Nat', je sens bien qu'elle est inquiète. Elle ne le dit pas, nous n'en parlons pas, mais elle se souvient des difficultés, il y a quelques années, lorsque « tout a sauté », comme on dit par euphémisme. Ces longs mois bordéliques qui ont pris par surprise le pays, ce chaos généralisé, avant que l'État ne se ressaisisse, que l'ordre ne soit rétabli. Finalement peu de morts, surtout des difficultés matérielles, mais qui ont laissé en mémoire quelque chose de plus profond à réparer : la peur, bien au fond des tripes. Celle de mourir, de manquer, de ne pas pouvoir, la peur de l'autre aussi. Nous avons laissé des plumes et une certaine conception de la liberté dans le Redressement : la paix civile n'avait pas de prix.

Elles le savent toutes les deux mieux que moi, des années d'éducation paritaire se sont révélées insuffisantes pour faire disparaître les instincts criminels d'une partie des mâles. Elles le savent d'autant mieux que, dans ce trou paumé, elles ont été laissées seules. Autant dans les grandes villes, on a pu compter sur la flicaille et sur l'armée. À Paris, le couvre-feu militaire n'a presque pas modifié mes habitudes, je circulais à pied, mon autorisation dans la poche. Dans les campagnes, cela a été différent. Les chasseurs du coin, armés, ont pu faire leur loi pendant un moment. À Arcis, l'ordre s'est approché d'une forme de justice commune.

Ailleurs, elle s'est faite à l'entier bénéfice des nouveaux seigneurs féodaux. Après le Redressement, les journaux ont rendu compte des procès intentés partout. Isabelle et moi dévorions les cahiers spéciaux relatant que tel suzerain local s'était organisé un harem en Poitou ; tel village, constitué en milice populaire, pour tenir face aux pillages. Puis nous avons pendu un peu, fusillé davantage, et tout est rentré dans l'ordre. Mais le mal était fait. Tout ne s'efface pas d'un coup, que celui-ci soit politique ou de fusil. Tandis que Madame la Maire repart, Natalia me prend la main et la serre fort.

« Tu sais, Nat', si ça pète de nouveau, ce sera surtout dans les grandes villes. Ça va aller, ne t'en fais pas, je suis là. »

Toujours la même promesse que je n'ai pas les moyens de tenir. Le revolver de Kross ne nous suffira pas pour défendre la ferme. Nous voilà bien démunis, tous les deux, à peine ce qu'il faut pour s'en mettre une entre les yeux, si ça tourne au vinaigre.

Je regarde par la fenêtre le crépuscule. Ce qu'il reste de l'hiver arrive à petits pas. On va passer sous la barre des vingt-cinq degrés, Nat' va pouvoir sortir des chaises longues et on va profiter des derniers rayons du soleil dehors sur la terrasse, sans être en nage. Ce soir, je suis vautré dans le vieux canapé, Nat' a pris le fauteuil à bascule. Je m'enfonce dans les coussins, j'ai mal aux bras mais je me sens bien. C'est une bonne fatigue, celle du corps qui respire et du cœur qui bat. Je m'habitue, j'ai redécouvert que les muscles ne servent pas qu'à soigner. Je reviens sur Nat' et sa mine effarée.

« Tu as vraiment fait ça ?! »

J'ignore si elle est surprise ou admirative.

« Bah oui, je n'allais pas la laisser mourir dans la douleur, j'avais beaucoup d'affection pour elle.

— Mais tu les as tués ?

— Si tu veux, oui, j'ai juste anticipé. Enfin pour elle. Lui, c'était son choix, et ce n'était pas à moi de m'y opposer.

— T'as du cran, frérot, me répond-elle, sur un ton qui mêle l'étonnement à la fierté, avant de tirer sur son joint.

— Je l'aimais vraiment bien, Claudine. J'ai eu de la peine à la voir mourir. J'ai fait ce que je devais faire. Ce n'est pas du courage, c'était ma responsabilité. »

J'enchaîne sur la question qui me taraude depuis le début de la conversation.

« Et comment on crève ici, chez toi ?

— Les gens meurent chez eux, simplement. On a tous en stock un ou deux médocs corsés d'avant. (Nat' repose son verre d'eau et s'essuie les lèvres.) Et puis, quand il n'y en a plus dans l'armoire à pharmacie, on se fournit au marché, on se serre les coudes, on est solidaires. Tu vois on fait comme toi. Ici aussi, on ne les voit pas ceux qui meurent. On ne les entend pas. Ça reste dans le cercle privé.

— Et après ?

— Après quoi, la mort ? (J'acquiesce.) Il n'y a pas d'incinérateur ici, alors on fait comme pour les parents, comme avant, on les enterre au cimetière. (Elle s'interrompt, réfléchit un instant, me regarde.) Tu voudrais qu'on fasse quoi d'autre ? »

Elle écrase son mégot.

« Du compost ?

– T'es con, Jonas ! »

Nous retombons dans le confort du silence qui habite avec nous dans cette maison. Comme à son habitude, Nat' tend le bras pour allumer le vieux poste de radio, bercer ce silence d'une musique qui semble atemporelle, juste avant les informations de vingt heures. France Info passe encore un morceau classique, Chopin peut-être, je ne m'y connais pas. Isabelle avait voulu m'apprendre au début de notre relation, pour que je sois plus à son goût, que je cesse de l'embarrasser dans les dîners parisiens à la sortie du Philarmonique. « C'était sublime, ce concerto en *do* majeur de Chostakovitch ! » Mais j'ai préféré ma pinte de bière. J'ai eu raison, la culture n'a finalement sauvé personne. Ce soir, c'est un piano mélancolique. Isabelle en aurait fait l'analyse. « Les notes s'envolent vers les aigus avant d'être rabattues sur les graves. Elles se hissent, à la force des dièses, et retombent, inexorablement. » Qu'importe, c'est assez beau en fait, une piqûre anesthésiante juste avant le flash info. Nat' tient à l'écouter : tous les soirs, elle approche le fauteuil du poste, pose son coude sur le meuble, se penche en avant, telle une résistante écoutant la BBC, préparant ses grenades, planifiant le prochain convoi qui sera attaqué. La douce humeur du piano cède sa place aux titres. C'est fait, le programme de la dernière chance est lancé : les premiers résultats du blanchiment du ciel sont attendus d'ici fin mars. Les experts espèrent une baisse de trois degrés en moyenne. Une coalition internationale de vingt-neuf pays a finalement rejoint la Chine... *Bla bla bla.* Natalia pousse un soufflement impressionné. « Bah, dis donc ! » On passe à Berlin, où une manifestation pour protester contre cette opération a donné lieu à des débordements. Plusieurs morts, de chaque côté de la ligne de front. La géo-ingénierie ne sauvera peut-être pas le monde, mais avec un peu de chance, on va pouvoir respirer à nouveau, qu'importe si cela ne plaît pas à tout le monde.

« Tu vas où ? »

Je montre à Nat' mon paquet de cigarettes et sors sur la terrasse. Par la porte, j'entends la suite des nouvelles du jour. Après plusieurs mois de recherche active, trois jeunes gens ont été arrêtés pour l'assassinat du patron de Tonsanto, le gouvernement qualifie le groupe auquel ils appartiennent – *Absolum* – d'organisation terroriste. Cela ne m'étonne pas, il fallait bien passer un jour à quelque chose de plus radical que les affiches dans la rue. Un frisson me parcourt, je me remémore cette matinée chez Khadija. Elle n'a pas semblé surprise d'apprendre la mort de cet homme, j'espère simplement qu'elle n'a pas été impliquée.

Dehors, l'air est plus doux. Je sais que c'est impossible, le blanchiment du ciel ne peut pas avoir eu des effets si rapides. J'allume ma cigarette, la dernière, je n'en rachèterai pas. Il n'y a aucun tabac à portée de vélo et j'y gagnerai en souffle pour travailler. Je tire une bouffée.

Nat' me rejoint. Nous restons tous les deux, en silence, à observer la nuit venue. Des étoiles apparaissent.

« Ça blanchit à quel point, le ciel ? Format petite brume ou tendance plafond d'hôpital ? »

Je ris de bon cœur et lui passe une main dans le dos. Elle me pique la clope et tire dessus. Je mets mes mains dans les poches et saute les deux marches qui mènent aux pavés. Qu'en auraient pensé nos vieux ? Natalia me repasse la cigarette, presque finie.

« Je reviens ! »

Elle rentre dans la maison.

Demain, je vais arrêter de fumer, puis j'essayerai d'appeler Khadija. Nat' m'avait parlé d'un antique générateur diesel à la mairie, alimenté par la cuve de mazout du village, « pour les urgences, au cas où ». Mon statut d'étranger, d'invité, de résident, je ne sais plus trop, m'a assuré la bienveillance de Madame la Maire il y a quelques semaines. Il me reste encore un peu de batterie et le réseau marchera peut-être cette fois. Il est encore temps qu'elle arrête. Marty lui trouverait un billet, elle fuirait la capitale et la violence. Avec Nat', avant qu'elle arrive, on construirait une baraque au bout du champ. On pourrait même avoir un enfant. Ce serait un petit garçon. Je lui apprendrais à travailler la terre, il remettrait le monde en ordre, un coup de pelle, un arbre, un petit pas à la fois. Ce serait le début d'une belle histoire, poursuivie sur plusieurs générations : marié à la fille du village, notre fils serait père de famille à son tour. Avec Khadija, nous regarderions grandir nos petits-enfants, nous répondrions à leurs questions innocentes sur les avions, les ordinateurs, le carbone, leur héritage. Le début de la transmission, nous leur raconterions la folie d'un monde et d'une époque, ils écarquilleraient grands leurs petits yeux puis hocheraient les têtes d'un air entendu avant de retourner jouer dehors sur l'herbe sèche.

« Tu veux t'allonger ? »

Natalia est derrière moi avec un plaid. Je fais oui de la tête, écrase mon mégot. Nous marchons en silence au bout de l'allée, elle déplie le drap, nous nous allongeons. Elle pose sa tête sur mon épaule, j'entends mon cœur qui bat. Il me semble voir passer dans le ciel un avion, avec un grand nappage blanc derrière lui. On ferme la boutique, l'humanité a atteint l'âge de raison.

« Regarde, Jonas, on voit la Grande Ourse. »

Je maugrée quelque chose en m'endormant. Oui, au fond, ce n'est pas bien grave de blanchir le ciel. Nous sommes grands maintenant, nous n'avons plus besoin des étoiles.

15

Depuis l'échec de la manifestation contre le rationnement de l'eau, Nat' était rassurée, heureuse, son monde tenait bon, et j'y trouvais mon compte. Une vie simple, je rêvais de Khadija, travaillais la terre, mangeais un peu, parlais beaucoup. Mais, ce matin, nos certitudes ont à nouveau vacillé. Cela a démarré doucement, tôt, avec les premiers rayons du soleil. D'abord, une présence insoupçonnée, quelque chose qui ne tourne pas rond. Le fond de l'air tiède, le vent fort, une vague odeur. Je n'y ai pas prêté attention, surtout pas moi, six mois à la campagne n'auront pas réussi à me désintoxiquer des mauvaises odeurs de la ville. Avec Nat', nous étions dehors, à petit-déjeuner en profitant de la fraîcheur matinale. Puis, cela s'est matérialisé. Une seule petite braise, portée dans l'air, a atterri mollement entre nos pieds.

Natalia est devenue pâle. Elle s'est levée, sans un mot, a couru au camion. Je me suis redressé d'un coup et l'ai suivie, dépliant mes jambes pour tenir son rythme. Un râteau traînait sur la route, je suis tombé, j'ai maintenant la main en sang, il coule le long du bras, se mêle à la terre. Je me relève, la rattrape. Elle claque sa portière. On démarre.

« Putain, putain, putain ! », répète-t-elle sans cesse. Les pneus se lèvent au premier virage, le pick-up manque de se renverser.

« Nat', on fait quoi, là ? »

Elle me regarde, les yeux pleins de larmes.

Quand nous arrivons à la maison la plus proche, elle écrase de sa paume le klaxon tandis que le ciel vire au rouge. Les braises qui tombent sont lourdes, le vent claque et une odeur de cramé se répand. Elle descend.

« Continue à appuyer ! »

Elle court tandis que je fais sonner l'alarme, le tocsin ancestral. J'appuie de toutes mes forces, comme si le son pouvait invoquer la pluie.

« Réveillez-vous ! »

Elle tambourine sur la porte. Enfin, les voisins apparaissent sur le pas de leur porte. Ils sont prêts, ils avaient compris eux aussi. Ils ont une combinaison antifeu, un masque sur le visage. La femme a mis des lunettes de soleil, son mari porte un sweat dont il a rabattu la capuche sur le visage pour se protéger. Ils tendent deux combinaisons à Nat'. Elle les prend et revient vers le camion. Elle ouvre la portière, m'en jette une.

« Habille-toi, vite ! »

Sur le bord de la route, un buisson s'enflamme d'un coup. J'enfile une jambe puis l'autre dans ce sac mortuaire. Nat' me tend un masque.

« Fous-toi ça sur le nez ! »

Les voisins repartent en premier et soulèvent derrière eux une épaisse couche de cendres. Les essuie-glaces les répandent en une boue sur le pare-brise.

« On les suit ! »

La nuit vient de tomber, à neuf heures du matin. Des nuages noirs, zébrés de rouge, forment une direction. Vers l'ouest. Derrière les voisins, notre moteur toussote dans la côte. Il manque de s'éteindre mais nous arrivons au sommet de la butte. À l'horizon, une ligne de feu s'étend à perte de vue. L'homme crie, nous n'entendons rien. Il se rapproche.

« Il faut creuser une tranchée pour stopper les flammes ! » Nous descendons la butte, armés de deux pioches et de pelles.

J'ai les poumons en feu. Il n'y a plus d'air. Tout brûle. La terre s'enflamme. Le moindre arbre, la moindre brindille. Les phares des voitures garées en haut de la côte sont à peine visibles. Je creuse. « Cinq mètres sur cinq, minimum ! », a dit Natalia. Les pompiers ne viendront pas, l'eau n'arrivera pas. Alors je creuse. Pour Natalia et sa terre. Une sirène se fait entendre au loin. Une longue plainte qui déchire le vacarme des flammes et du vent. « Ils arrivent ! », crie une voix. À la tête d'une colonne de quelques dizaines de voitures, la main sur le klaxon, Madame la Maire mène la riposte. Les habitants des villages alentour la suivent. Ils viennent se battre ensemble, pour eux, pour leur avenir. Ils viennent en héros, en amateurs, en victimes, sur cette terre ingrate qu'ils aiment pourtant. Ils viennent sauver ce qu'il reste de leur monde. La maire saute du véhicule, me salue rapidement, tient la main de Nat' quelques instants, je n'arrive pas à voir si elles se parlent. Elle reprend le contrôle des opérations. Des bras indistincts se répartissent pour soulever la terre. Les arbres les plus proches sont abattus, attachés et tractés loin de la ligne de front. À l'arrière, un couple s'occupe des animaux sauvages qui fuient, des rongeurs, un chien errant. Il s'abrite dans un des pick-up, le poil brûlé, sans aboyer ni grogner. Un oiseau nous survole, je n'en avais pas vu depuis des années. Il tourne haut, descend, tombe au sol. Je me penche en avant tandis qu'il agite deux petites pattes noires de suie, dans le vide.

Nat' m'agrippe l'épaule.

« Creuse ! »

J'ai les oreilles qui bourdonnent, la main douloureuse. Mon manche de pioche est couvert de sang. La combinaison est percée de trous. Je suis une ombre invisible, comme tous les autres alentour. Devant moi, ils disparaissent progressivement. Je ne vois pas à un mètre. Mes pieds sont invisibles. Je suis une cendre. La maire s'approche.

« Ça va. Fais une pause. »

Elle me pousse et prend ma place. Je m'extrais de la tranchée dans la lueur du feu. J'enlève mon masque et avale une gorgée d'eau. Elle a le goût des pizzas cuites au feu de bois de mon enfance. Dans l'ombre de la tranchée, une silhouette lève sa pioche au-dessus de sa tête, sans rien voir ni distinguer. Elle tangue, peut-être prise d'un malaise, puis se redresse, et d'un coup sec abat la pioche vers la terre. Sans un cri, sans un bruit,

Madame la Maire est touchée, elle s'effondre. Un pas, puis deux. Les mètres nous séparant du brasier réduisent. Il est là, immense, rugissant, essayant de passer.

La confusion règne autour du corps de la maire, les minutes puis les heures semblent participer d'une même temporalité imprécise. Arcis tient bon, les flammes sont stoppées. Les habitants ressortent peu à peu de la tranchée et se mettent en ligne pour contempler l'incendie bloqué. Ni les cendres ni les braises n'allumeront notre rive. Nous restons là, un temps indéfini, à contempler la puissance interrompue. Mes joues sont écarlates, je sens les vaisseaux sanguins explosés le long de mon nez et sur mon front. Dans la tranchée, en bas, les habitants descendent et se rassemblent près d'une forme gisant au sol. Nat' la prend dans ses bras. Trois petites pommes, ce n'est pas bien lourd à porter. Ils remontent, passent à côté de moi, pleurent en silence.

L'enterrement de Madame la Maire a eu lieu quelques jours plus tard, sans trompette ni fanfare. Rougeaud a creusé un trou en bas de la butte, sur la rive encore fumante du lac. Quatre habitants l'ont portée, enrobée dans un simple drap, dans les rues du village. La procession a fendu la foule en silence. Nat' et moi nous sommes écartés pour les laisser passer. Au bord de la fosse, un des porteurs est descendu dans le trou. Les trois autres lui ont tendu le drap. Il a installé le corps avec soin, presque tendresse. Nous sommes restés de longues minutes, entre les bateaux rouillés et les bouées à sec. Rougeaud a ensuite repris sa pelle et commencé à combler le trou.

Nat' a marché la première, elle s'est agenouillée lentement au bord, tentant peut-être de distinguer une forme, une présence, l'écho d'une vie qui n'aurait pas tout à fait disparu. Au loin, un grondement s'est fait entendre : l'orage qui vient. Nat' a pris dans sa main droite une poignée de la terre orange sous laquelle reposera désormais la première citoyenne d'Arcis. Elle s'est relevée, nous a regardés, a tendu le bras, puis a entrouvert la main, égrenant lentement la poussière entre ses doigts. Elle a repris place dans la foule, les voisins ont suivi. Mêmes gestes répétés depuis des siècles, la terre qui avale les Hommes aux mains noircies de chagrin. Est venu mon tour. Au moment de lâcher mon offrande, j'ai croisé le regard de Nat', ses yeux bleus secs et durs. Tous, autant qu'ils sont, ont enterré ce jour beaucoup plus que la maire : un monde entier enseveli, un pouvoir dévoué à la communauté, sans compromission et sans pot-de-vin. C'est également pour eux la fin d'une croyance, celle qu'ici ils pourront être un peu épargnés.

Depuis l'enterrement, Natalia est tendue, distante. Nous ne fumons plus le soir. Rougeaud passe très souvent, l'air sacrément embêté. Alors ce soir, tandis qu'il remonte dans sa voiture, je l'approche. Il descend la vitre, le visage fermé : « Tu devrais parler à ta sœur. »

Nat' a essayé de m'esquiver, plusieurs fois, de monter se coucher. Mais je l'ai bloquée avant qu'elle n'ait pu atteindre l'escalier, elle est maintenant obligée de répondre.

« Je suis en retard, Jonas. »

Je mets quelques secondes à comprendre qu'elle parle de ses règles.

« Merde.

– Merde ? Tu ne peux pas te réjouir pour moi ? », me répond-elle, du tac au tac.

Je plonge mes yeux dans les siens.

« Parce que tu comptes le garder, Nat' ?

– Évidemment, je vais le garder ! »

Cette phrase tombe comme un coup de massue, elle m'assomme. Mais oui, Natalia, quelle bonne idée ! Un autre enfant dans ce monde condamné et je ne parle même pas du père avec ses joues éclatées d'ivrogne. Tu crois qu'il va s'occuper du gosse ? Tu crois qu'il va faire comme papa, se lever toutes les nuits pour changer des couches ? Il sera trop occupé à cuver son vin. Et les risques, à ton âge ? Tu vas te faire suivre où ? Tu vas accoucher, ici, entre la table et la radio ? Avec un bac d'eau chaude et la certitude d'y rester ? Et tu veux vraiment tenter ta chance avec un môme, après ce que tu viens de vivre, cet incendie qui en annonce beaucoup d'autres ?

« Tu es sûre de toi ? » est la seule chose que j'arrive à dire. « Nat', s'il te plaît, ne me demande pas de mentir, tu sais que j'en suis incapable. »

Elle s'assoit sur le sofa du salon, les larmes aux yeux.

« Tu ne comprends donc pas ? Ce n'est pas juste un enfant, ce n'est pas simplement une grossesse. C'est une petite révolution. (Elle me jauge, cherche un soutien, un changement d'attitude, un sursaut fraternel.) Avec ce gosse, je peux enfin changer de vie. Pas la mienne, non, la nôtre. Un enfant, c'est un monde qui renaît. Il ne sera pas sali, pourri, ravagé comme nous. Toi, tu as choisi de ne pas en avoir...

– C'était différent ! (Je me mets à hurler, l'émotion me prend par les tripes, je rassemble le peu de calme que je peux trouver.) À l'époque, nous savions tous que ce n'était pas compatible avec la planète, je n'en ai pas eu par conviction. Ces réflexions ne riment plus à rien, ce n'est plus une question de choix.

– Si, justement, Jonas. Si tout est brisé, à reprendre, alors il faut bien commencer quelque part.

– Le monde ne changera plus, Nat', c'est comme ça maintenant. Cet enfant que tu veux garder, c'est une vie gâchée d'avance. Il ne sera que le témoin de ton échec, du nôtre, de celui de tous les adultes avant lui. »

Elle pleure à chaudes larmes maintenant, se relève, tape du pied dans le canapé. Un coussin tombe sur le côté. Elle le ramasse et l'envoie voler à l'autre bout du salon.

« C'est pour *ça* que je ne voulais pas te le dire ! De toute façon, tu t'en fous, non ? Tu vas bien finir par repartir tôt ou tard, au nord ou ailleurs, disparaître de nouveau. Qu'est-ce que t'en as à foutre toi, une vie de plus, perdue ou gagnée ? »

Elle s'éloigne, résolue à clore cette discussion. Tandis qu'elle monte l'escalier, je soupire.

« Je ne peux pas cautionner ça. »

Elle me fait volte-face avec une colère qui lui barre le visage.

« Cautionner. Mais tu te fous de ma gueule ? (Elle redescend deux marches, serre le poing de sa main droite, s'accroche à la rampe de l'autre, tremblante.) Tu as cautionné lorsque j'ai fait une fausse couche ? Quand je me suis réveillée en pissant le sang, au milieu de la nuit, parce que mon bébé s'écoulait entre mes cuisses ? Et quand Léon s'est barré avec une salope, que je me suis retrouvée seule à pleurer, tu as cautionné aussi ? (Elle s'arrête, réfléchit, reprend.) Tu as cautionné, peut-être, quand maman est devenue débile avec son AVC ? Dis, Jonas, toi qui es si malin, tu as fait quoi quand le monde s'est foutu en l'air ? »

Je ne suis plus le bienvenu. Elle me l'a dit ce matin, habillée pour partir au marché, en me tendant une cagette de tomates pour la route. J'ai ramassé mes slips et mes chaussettes, ouvert l'armoire, pris la tente, le sac, et je suis parti. Sur le chemin de la gare, j'ai d'abord fait un détour par la mairie en espérant pouvoir recharger mon portable. J'ai ouvert la porte dans le silence, évité le bureau vide de Madame la Maire à droite au rez-de-chaussée, et j'ai retrouvé au bout du couloir, dans la cour, la vieille machine, prête à tourner pour me fournir du jus. J'ai attendu une heure ou deux, dans les vapeurs, puis j'ai pris la direction de la ferme de Rougeaud. Il n'avait pas l'air surpris de me voir, il attendait peut-être que je lui foute mon poing dans la gueule, l'idée m'a traversé l'esprit. Je lui ai simplement tendu une feuille avec mon numéro. « S'il se passe quoi que ce soit, tu te démerdes pour m'appeler. Je m'en fous si tu dois traverser la moitié du pays, tu m'appelles,

OK ? » Il a pris la feuille sans un mot et j'ai tourné les talons. C'est fini. Je ne reverrai pas la maison, ni les pavés, ni les arbres, ni Natalia. Maman, j'aimerais que tu sois là, que tu me prennes dans tes bras. Papa, rallume une cigarette. Montons ensemble dans votre vieille voiture. Roulons. La fumée d'échappement nous permettra de retrouver notre chemin. Roulons tout droit. Les deux mains sur le volant, maman fixe l'azur, papa la carte. Ils savent où ils vont, il ne peut rien m'arriver.

Sur le quai, j'attends le train à destination de Paris, l'unique qui marque encore l'arrêt ici. Sauf à errer des heures le long de la départementale, espérant je ne sais quoi, qui, il n'y a pas d'autre moyen de quitter Arcis. Ce bout de terre n'est relié qu'à la capitale, survivance d'un temps ancien. Je pose le sac, m'assieds, personne à l'horizon. Que voulait-elle, que j'applaudisse naïvement, sans responsabilité ni lucidité ? Je sens monter les larmes. Les échecs s'accumulent, avec eux le bilan de ma faillite se fait plus clair, accablant. Incapable de rester, de partir, de me poser, de construire, de vivre. D'aimer, aussi ? Le sifflet de la locomotive résonne au loin, je me relève. Une flaque s'est formée entre les rails. Les orages des derniers jours ont fait du bien à la terre. Peut-être a-t-elle raison, à force de travail, de sensibilité, d'amour, de patience, Arcis pourrait regagner son *Lac*. Cet enfant apprendrait à y nager. D'autres s'y noieraient, on installerait un panneau « baignade dangereuse », que les gens ignoreraient. Une nouvelle élue diligenterait la présence d'un maître-nageur, aux beaux jours. Les habitants y reviendraient pour pique-niquer, tomates cerises et paquet de chips, bières rafraîchies dans l'eau. Ils auraient, finalement, de nouveau droit au bonheur simple d'une soirée qui s'écoule au rythme des mastications, des glouglous, et des nuages dans un ciel d'été. Au nord, vivent-ils vraiment mieux qu'à Arcis ?

Le train ralentit. Pas de flic en vue, tant mieux, je n'ai pas de billet. La gare d'Arcis est heureusement moins surveillée qu'à Paris, peu de monde tente de resquiller pour rallier une capitale étouffante. Crissement de freins. Porte qui s'ouvre. Sac lancé d'abord. Pied sur le marchepied, puis dans le wagon. Le train repart, il file désormais dans la plaine, je serai à Paris pour le déjeuner. L'idée de retrouver la ville me glace, mais quelque chose me dépasse. Je sais maintenant qu'une multitude d'autres terres existent, ici, ailleurs, au nord, peut-être pourrions-nous tenter de les reconstruire ensemble. Si je n'ai que des échecs à mon actif, il en est encore un que je peux essayer de réparer. Je pose la tête contre la fenêtre réchauffée par le soleil, le même rêve de Khadija m'emporte.

16

Marty m'attend devant la gare. Ses vieux chicots abîmés me réconfortent. Il m'attend, comme on attendrait un vieil ami perdu de vue, revenu d'un pays lointain, avec de la compassion, une oreille et une bonne bouteille à offrir. Je l'ai prévenu de mon retour en passant près de Reims, le réseau fonctionnait enfin. Après mes six mois d'absence, il est venu sans poser de questions. Je dépasse les militaires pour le rejoindre. Il me serre la patte avec vigueur et me tend son flacon, j'en avale une rasade qui me brûle la gorge. Cela m'avait manqué, je n'ai bu que de l'eau depuis l'incendie. Devant la gare, il y a des flics partout. C'est bien le seul métier qui n'a pas changé. Contrôler, vérifier, interpeller, incarcérer. Un job élémentaire pour toute société civilisée.

« Ça s'est mal passé ? »

La question n'est ni méchante ni insistante. Il demande, par pure rhétorique. Je fais oui de la tête. Je n'ai pas besoin d'entrer dans les détails avec Marty. Un silence bien pesant vaut tous les récits, les contes, les légendes. Et puis, j'ai ma main bandée comme preuve du désastre. On remonte à grands pas le boulevard. L'air est tiède et les gens sont électriques. Il se décide à parler.

« Alors, tu vas faire quoi ?

– La retrouver.

– Et elle a un nom, j'imagine ? »

Il ne peut pas s'empêcher d'esquisser un sourire entendu.

« Khadija. (Je pose ma main sur son épaule.) Je vais la retrouver, Marty, la convaincre de partir. J'en ai envie, d'elle, de construire enfin quelque chose. Pas de vivre seul, loin, de rêver. Elle m'a manqué, tu comprends ? »

Il hoche la tête, ouvre son sac et me tend une enveloppe.

« Alors tu en auras besoin. »

Je repousse son bras.

« Non, Marty, j'ai arrêté. Je ne repars pas pour le regard haineux des collègues au dispensaire, ni pour celui plein d'espoir des patients encore vivants, et puis surtout pas pour tous les autres, les petites voix dans la tête qui traînent longtemps après leur mort. (Je compte mentalement les économies qu'il me reste, de quoi tenir quelques semaines, chaque jour passant consommera le magot, rendant la traversée plus difficile, improbable, à négocier sec.) Je préfère crever de faim en la cherchant que de recommencer. Tu vois le tableau ?

– Écoute, andouille ! (Il me place l'enveloppe dans la main de force.) Prends-la, tu ne sais pas de quoi demain sera fait. (Je soupèse le papier kraft, étonnamment léger.) J'aime les histoires d'amour, continue-t-il, donc, je te fais un cadeau. Là-dedans, il y a un numéro avec toutes les infos. Le mec que je t'avais trouvé a disparu. Celui-là fait une traversée dans quelques semaines. Il me doit un service maintenant, alors pour toi ce sera gratuit. Garde ta thune pour payer le voyage de ta dulcinée. (Ma main tremble un peu en rangeant l'enveloppe dans le sac.) C'est ton billet pour l'amour, vieux !

– Merci, Marty... Mais je vais te payer, j'y tiens.

– Non, laisse, je te dis, c'est cadeau. Considère ça comme ma dernière livraison. J'arrête.

– Le petit est né ?

– Dans quinze jours, on a hâte, mais ce n'est pas pour ça.

– Viens, on va se poser. »

Je ne m'attendais pas à cela. J'espérais au fond de moi que Marty resterait pour toujours là, comme une présence, une idée. Nous nous asseyons au bord d'une fontaine éteinte. Cela a beau être le printemps, il n'y a ni bourgeon ni feuille, nul arbre pour les porter de toute façon.

– Je suis un peu comme toi : je ne peux plus. Ça devient trop chaud.

– Les flics ?

– J'aimerais ! Non, c'est juste que tout le monde s'excite dernièrement, ça ne sent pas bon et je ne veux pas être le premier à péter. (Il penche sa tête vers moi et baisse la voix.) *Absolum*, ça recrute partout, dans les banlieues, même dans la périphérie sud chez moi. Dès que tu sors, il y a des affiches et des rabatteurs. Des guetteurs me disent que certains d'entre eux ont des armes dans les caves. La semaine dernière, ils ont braqué un camion de l'armée avec des munitions. Depuis l'assassinat du patron de Tonsanto, les choses vont mal. Mais là, même les vieux trouvent qu'ils ont raison de se bouger. Leur truc de bouclier solaire, ça rend les gens fous.

– La radio n'a pourtant jamais parlé de ces émeutes, je souffle lourdement.

– Parce que tu crois aux médias ! me rétorque Marty avec un large sourire. Bien sûr, il y a des arrestations, mais ils n'ont pas vraiment de chefs, enfin en tout cas, pas publiquement. Si tu coupes des ongles, ils repoussent.

– Il va se passer quoi d'après toi ?

– Ils vont foutre le boxon. Ça ne va pas être la fin du monde, mais suffisamment pour que je doive arrêter de bosser. Et je ne veux pas faire comme tous ces abrutis qui vont livrer jusqu'au dernier moment. Non, j'arrête maintenant. Je ferme le banc. Je brûle les livres de comptes, je coupe les amarres. Dans le bordel, je serai devenu invisible. »

Ses yeux surveillent constamment la rue et les quelques cyclistes qui passent à côté de nous. Il est anxieux, vigilant, alerte.

« Que vas-tu faire si tu arrêtes de vendre ?

– On va sans doute essayer de se barrer. J'ai entendu dire qu'il y a encore des bateaux en Bretagne qui proposent une traversée *safe* vers l'Amérique. J'ai un contact pour moi aussi, je suis prévoyant, tu sais.

– Tu penses vraiment que ce sera différent ?

– J'ai entendu de sales histoires des passages au nord, et j'ai des gosses, vieux. Quel père je serais si je les faisais monter dans un Zodiac ? Ils ne savent même pas nager ! Et puis, les Canadiens s'en sont toujours mieux sortis. Dans les séries télé, chaque fois, ils s'en sortent mieux. Ça vaut le coup d'aller voir.

– Donc, tu pars quand ?

– Ce n'est pas encore décidé, juste probable. Je te dirai. »

Nous nous relevons sur ce mensonge. C'est l'heure. Tout est dit. Nous nous serrons la main. Cette fois, c'est bien un adieu, ils ont cette poigne caractéristique, trop ferme, prolongée, pour laisser la marque des doigts dans la chair de l'autre. Pour qu'elle dure sur la peau, même quand on a disparu, au coin de la rue.

En bas de chez elle, je sonne, longuement, le doigt enfoncé, comme collé. Que dira-t-elle en ouvrant, en me voyant, la main bandée, la tente sur le dos ? Peut-être croira-t-elle que j'y suis arrivé, que j'ai même réussi à faire le chemin à l'envers, comme ce père tant espéré. Personne n'ouvre. Je me recule dans la rue. J'emplis mes poumons et crie. Personne. Je sens mon ventre se tordre, mon front se couvre d'une sueur moite. Si elle n'habitait plus là ? Six mois, c'est suffisant pour faire des cartons et les porter ailleurs dans la ville. Le barrage cède. *Panique.* Je sors le téléphone et compose le numéro d'urgence, tant pis pour le scénario rêvé, tant pis si elle se braque, si elle se fâche, elle ne pourra pas m'ignorer, elle devra entendre, accepter, me revoir, me laisser le droit de la convaincre. Après deux tonalités, pour seule réponse, une voix mécanique m'invite à laisser un message. Les mots se mêlent, la voix pâteuse, ma vision se trouble, je raccroche après avoir bredouillé son nom et le mien. Le ciel est lourd et m'écrase. Je réajuste le sac sur mon épaule. Je ne sais pas ce que donnera ma bouteille à la mer, mais cela ne sert à rien d'attendre ici. Le mieux que je puisse faire, c'est de commencer à la chercher.

Je déambule dans les rues sans trop savoir où aller. À chaque carrefour, les affiches d'*Absolum* me font penser à Khadija. Je réalise soudain que je ne lui ai jamais demandé le nom de son association, c'est pourtant le seul indice dont je dispose, à part l'adresse de son appartement. Je pourrais aller près de la placette derrière le ciné, ils y sont tous, camés et revendeurs, guetteurs en tout genre. Je pourrais y gratter quelques informations, obtenir le contact d'un rabatteur d'*Absolum*. Mais je ne leur fais plus confiance, ces mecs sont des ordures. Marty m'avait raconté leur dernière trouvaille pour s'amuser. Choper des enfants du quartier qui traînent dans la rue, mettre un billet en jeu, et les laisser se battre. Un combat de coqs avec des bambins, cela fait moins de plumes à ramasser. J'ai eu de mauvaises expériences aussi, des produits pas stables, des drogués agressifs, c'est la lie de toute la peuplade parisienne qui zone là-bas. Avec ma gueule de blanc-bec et mon sac bien rempli, le mieux qu'il puisse m'arriver c'est un racket.

Au bord du périphérique, sous un pont en béton craquelé, j'aperçois un camion qui achève de se consumer lentement. Des ombres ramassent à la va-vite des cartons au sol. J'accélère le pas, une sirène résonne, les ombres disparaissent, abandonnant leur butin de fortune. Sans m'en rendre compte, j'ai fait le trajet jusqu'à chez Acham. Tant qu'à être là, autant passer le voir, sa famille aura peut-être un nom à me donner. Je monte l'escalier en bois, la sœur d'Acham m'ouvre. Elle me salue, étonnée de me voir, m'invite à entrer. Son ventre est plat. Elle capte mon regard et pose une main sur son nombril à travers son débardeur.

« Ça marche pas, on essaye pourtant, mais ça marche pas. »

Je rentre dans le salon vide. Avant d'enlever mes chaussures, comme c'est la coutume, je la questionne.

« Ils ne sont pas là, tes parents ? Et les autres ? Et Acham ?

– Non. Ils sont partis ce matin, ils disent que je suis trop jeune pour venir. Et mon frère, lui, a rejoint Allah. »

Sa voix tremble à cette dernière phrase. Je m'en doutais, c'est mieux ainsi, mais l'entendre me fait un pincement au cœur. Je lui présente mes condoléances, avec le ton le plus compatissant dont je suis capable. À travers le mur en Placo, j'entends un type crier, un coup sourd, la longue plainte d'une voix.

« Ils sont partis où ? »

Je me risque, mais je connais déjà la réponse. Entre leur immeuble pourri et le désastre de leurs existences, ils ont dû ramasser leurs affaires, disparaître derrière la ceinture de béton qui enserre Paris et se mêler aux autres, se préparer à combattre ou à périr. Il faut des fantassins pour donner l'assaut. Elle se tortille, un peu gênée.

« J'ai pas le droit de le dire. »

Pas le droit de le dire, cela va être la rengaine des jours à venir. Personne n'a jamais eu le droit de parler dans cette ville. Et elle, dois-je lui expliquer ce qui l'attend si elle finit seule, dans cet immeuble, dans ce quartier, dans ce décor de mauvais film pornographique : le mac, les porcs, les coups, les avortements ?

« On se connaît depuis longtemps, tu peux me faire confiance. »

Elle secoue la tête, je n'en tirerai rien. Après des platitudes, je pars. Je pars avant qu'elle n'ait eu le temps de me raconter l'agonie d'Acham, je ne veux pas l'entendre, je lui avais dit d'éviter la javel.

À la tombée de la nuit, je suis revenu chez Kross. Allez directement en prison, ne passez pas par la case départ, ne touchez pas votre paie. La porte de l'hôtel était ouverte, comme d'habitude. J'ai rassemblé mon courage sur la place, il fallait être prêt à faire face aux reproches, aux questions, sans doute à une forme de déception, celle de mon retour. Je franchis le porche en déployant le plus large des sourires. Le comptoir est vide, pas un bruit, l'entrée est sens dessus dessous. Cela ne ressemble pas à Kross, je connais ce silence, c'est le même que chez Jean-René et les autres. Je saute du côté du patron, vers la réserve. « Kross ? » S'ils l'ont abattu, il a dû se cacher là pour mourir. C'est trop con, putain, pas lui, pas Kross. Ils ne peuvent pas l'avoir fumé comme un vulgaire type. Il était entraîné, formé, il aurait dû sentir le coup venir. La porte de la réserve est fermée. Je force, tire, pousse, elle finit par céder et tombe de ses gonds. Je m'écarte et la laisse s'écraser contre le mur. À l'intérieur, il n'y a plus rien, ni bières, ni fusil, ni nourriture. Ceux qui ont fait ça ont tout emporté.

En haut des marches, après avoir enjambé la partie de l'escalier la plus fragile, je fais le tour des chambres. Peut-être s'est-il roulé là pour mourir, le cœur en miettes, mortellement blessé. Chaque pièce est vide, ils ont même pris les matelas. Je monte au deuxième, mon cœur bat trop fort, j'ai du mal à respirer. Au bout du couloir, ma porte, ma chambre, vide également. Dans l'armoire, sur la dernière étagère, je retrouve ma carte de rationnement. Je l'avais laissée en partant chez Nat' et, si cela se confirme vraiment, la queue dans les supermarchés va recommencer. La file d'attente passe encore, mais le sourire goguenard du mec qui distribue les vivres peut rendre fou. L'air mesquin en tendant à peine cent grammes de provisions tandis qu'il a encore de la farine à la commissure des lèvres. Tellement heureux de croire que ses quelques kilos en plus le distinguent du reste de l'humanité. S'il fallait une preuve, il en est une à lui seul : les despotes naissent dans le gras des chefs. Je chasse vite cette idée, mets la carte dans ma poche et sors de la chambre. Au rez-de-chaussée, j'entends un bruit dans l'antique salle du petit déjeuner. « Kross, c'est toi ? » Je m'approche, prêt à me faire moi aussi trancher la gorge. Entre deux tables, trop grandes pour que quiconque les emporte, un rat court se cacher.

Cela fait une semaine que j'attends de ses nouvelles. J'ai planté les piquets de la tente dans la vieille moquette de ma chambre, je cuisine au réchaud et, le soir, j'achète un poulet que je mange seul. Quelle ironie pour un grand départ. Je suis allé plusieurs fois en bas de chez elle, j'ai attendu, j'ai guetté, j'ai même pensé à y camper. Je me suis fait violence, j'ai finalement rendu visite aux camés de la placette, mais je n'en ai rien tiré. J'ai même essayé d'aborder des types dans la rue, des colleurs d'affiches. Ils ont fui à mon approche, ils ont dû penser que j'étais un informateur. À en croire ces échecs, le recrutement à *Absolum* ne se fait plus que par cooptation maintenant, impossible d'y pénétrer.

La nuit, je suis incapable de bouger, inquiet sous ma tente à chacun des bruits qui me parviennent du dehors, à attendre qu'on vienne me tuer, surpris chaque matin d'être encore en vie alors qu'aucune porte ne me protège des pillards, des fous et des révolutionnaires. Beaucoup de commerces sont désormais protégés par des gardes armés à l'entrée. Les manifestations sont devenues quotidiennes, violentes, en ordre dispersé, les tirs de Flash-Ball incessants, le bruit qui m'empêche de dormir. Le constat est clair : ils ne parviennent plus à tenir le mouvement populaire et chaque jour vient avec son lot d'affrontements dans la ville. La rumeur a de nouveau enflé, comme un cancer se métastasant : ils ont annoncé le rationnement. Contrôle des stocks alimentaires, contrôle des populations.

Et là, ce matin, me voilà avec le souffle coupé à lire, relire, plusieurs fois, les quelques caractères en lettres noires. Un texto signé « K. », premier signe de vie. Un rendez-vous dans quelques heures, « au café du premier jour », nouveau battement de cœur.

Je m'installe à la terrasse du bar. Si elle refuse de partir, que me restera-t-il ? Le rationnement est pour demain, la bière devant moi est la dernière goutte fraîche de liberté pour la capitale. La rue est calme. La serveuse pose la pinte, doucement sur la table, ses longs doigts se retirent lentement, caressant presque la condensation, je suis le mouvement de ses hanches qui se balancent. Autour de moi, les conversations n'ont qu'un objet. J'écoute distraitement le murmure des tremblements à venir. « Il paraît qu'à Clichy ils ont pillé un dépôt de munitions. » « Mon cousin tient d'un de ces amis haut placés que l'armée est mobilisée, le couvre-feu va être décrété. » « Le gouvernement aurait fui, j'ai entendu ça au boulot. »

Sur la place, je vois se former un groupe de jeunes, une dizaine, ils viennent de rues différentes, l'air est grave, solennel. Ils jettent un œil autour d'eux, pas grand monde. L'un fait un signe de la tête, une voiture arrive rapidement depuis un des axes déserts. Le coffre est ouvert, ils sortent un pot, un pinceau, un grand rouleau. Sur l'immense conteneur à compost posé sur la place, l'affiche s'étend sur deux mètres : un dessin d'enfant sur le dos d'un tigre. Ses traits lui donnent un air de conquérant. Il a la certitude de la victoire plaquée sur son visage. En dessous, une annonce, *Le 1er mai, la révolution commence.* C'est dans quinze jours, autant dire une éternité. D'ici là, Khadija et moi, nous devrions déjà être loin, après Bruxelles. Je me demande soudain s'il existe un comité local d'*Absolum* à Arcis. Natalia va peut-être s'engager dans la révolution, avec son ventre plein de vie. Elle a quelqu'un au nom de qui se battre, elle aussi. Se battre pour soi, c'est assez peu intéressant. Les règles du jeu sont connues d'avance : à la fin, on perd, et on meurt. Se battre pour un enfant, pour une histoire, c'est différent. Rattraper ses torts, parier une énième fois sur l'avenir, racler les fonds de tiroir et regarder les canassons sur la ligne de départ, l'espoir et la boule au ventre.

La serveuse m'observe du coin de l'œil. Je lui plais peut-être, ni laid ni apollon, pourquoi pas ? Dans la rue, le groupe se disperse, comme il est arrivé. Ils filent dans des directions opposées. Je suis du regard celle qui me semble la plus jolie, elle s'approche. Je me lève, pose machinalement quelques pièces sur la table, fais signe à la serveuse et pars en courant. L'effort est court mais difficile. Je la rejoins et vois un éclair de joie traverser son regard. « Jonas ! Viens avec moi. » Elle me prend par la main et m'entraîne, avec un naturel déconcertant. Comme si elle avait toujours su que nous nous retrouverions. Je la suis, enfant réticent, rassemblant mes idées. J'ai tant de choses à lui dire.

17

D'abord, lui dire que je suis désolé. Désolé d'être parti, sans un mot, sans un geste. Parti loin, longtemps. Ensuite, lui dire qu'il existe un ailleurs, où la terre donne, où l'on éteint les incendies, où des enfants naîtront demain. Enfin, la convaincre de partir avec moi. Elle se penche sur sa montre nerveusement et se tourne alors que deux flics passent à côté de nous sur leurs motos. « Il y a un problème ? » Elle sourit, fait non de la tête. Le bus arrive. Nous grimpons à bord en nous frayant un chemin entre les valises, sacs et passagers. Au-dessus de ma tête, serpillières, balais, seaux sont levés vers le plafond. « C'est un bus extérieur, c'est ça ? » Je connais déjà la réponse. Ces vieilles machines de l'ancien temps font le trajet Paris-banlieue, en direct, sans arrêt, pour éviter que les passagers ne soient tentés de se payer un peu de tourisme. Je n'étais jamais monté dedans. Matin et soir, ils transportent ceux qui, de gré ou de force, contre un salaire de misère, vont nettoyer les bureaux et les administrations, vider les poubelles, porter les corps, ranger les courses. Ils charrient un flot continu de petites mains pour venir faire le sale boulot. Khadija a sur elle plusieurs fausses attestations, pour tout type de métier jugé subalterne. Elles sont indispensables pour monter dans le bus. Elle en présente deux au chauffeur. Elle est éboueuse, je suis Disposeur. La chaleur est étouffante, Khadija me tend une gourde d'eau que je vide sans pouvoir étancher ma soif. « T'as quoi à la main ? », demande-t-elle en montrant du doigt le bandage fait à la va-vite. Il faudra que je pense à le changer. Cela fait plusieurs jours, ça va bientôt commencer à sentir la septicémie.

Le bus s'arrête sur une large dalle en béton. « Terminus », braille le conducteur derrière la grille en métal qui le sépare de nous. Je descends et suis Khadija. Autour de nous, des immeubles éventrés comme si des bombes leur étaient tombées dessus.

« Il y a eu une guerre ? Je n'étais pas au courant, dis-je ironiquement.

– Non, une émeute. Une des lignes extérieures doit cesser d'opérer la semaine prochaine. Pas assez rentable, trop dangereux soi-disant. Sauf que ça signifie la mort du quartier. Les gens ne pourront pas faire vingt bornes à pied, matin et soir. Alors ils ont protesté, et puis comme d'habitude... »

Sans finir sa phrase, elle pointe du doigt la grande barre d'immeubles devant nous, dont le centre s'est effondré.

« Ils n'ont pas fait dans la dentelle.

– Pourquoi perdraient-ils leur temps avec des sauvages ? »

À la porte d'un vieil immeuble, une gamine, les mains dans les poches, nous salue. Khadija lui ébouriffe les cheveux en passant. La gamine se recoiffe consciencieusement.

« Vous recrutez jeunes, dis donc.

– On ne recrute pas, ils sont volontaires. (Elle pousse la porte coupe-feu qui mène à l'escalier, monte les marches rapidement, quatre à quatre.) Écoute, Jonas, je te fais confiance, d'accord ? (Elle s'arrête et pointe son index sur mon torse.) On a besoin d'infirmiers, de gens capables de soigner. Tuer, c'est bien, tout le monde peut le faire, un gamin avec un fusil peut tuer. Mais soigner, c'est différent. (Sa voix emplit la cage d'escalier, je la fixe avec un air volontairement idiot.) Je suis sérieuse, Jonas ! (Elle pousse une autre porte, on arrive dans un couloir faiblement éclairé par la lumière du jour, qui filtre à travers des vasistas, en hauteur, barrés d'acier.) Si tu passes cette porte avec moi, le secret devient la règle. Sinon c'est inutile. »

J'ignore si c'est la bière, la fatigue d'une semaine de tension, l'envie de me cacher dans son lit sous les toits, mais je suis prêt à tout pour rester un peu avec elle, même à différer la grande conversation, l'invitation au départ. Elle toque à la porte, murmure furtivement un nom de code que je peine à entendre. Derrière, une vaste salle en désordre et un couloir au bout, donnant sans doute sur d'autres pièces agitées. Des papiers, des gens dans tous les sens, et dans un coin ce qui ressemble à des ordinateurs. Je reconnais la silhouette d'Edmond en grande conversation avec plusieurs enfants qui racontent quelque chose d'apparemment compliqué. Ils font de grands gestes, parlent tous en même temps, et Edmond les écoute, calmement, concentré. Il a maigri, son teint tourne au gris pâle.

« Viens ! »

Khadija me reprend la main.

« On a besoin de toi. »

Je la suis dans un zigzag à travers des gens affairés. Si c'est ça, la révolution, c'est un sacré bordel ! Elle me présente en avançant, j'enchaîne les sourires convenus, liste méthodiquement les noms entendus. Je reconnais ses amis à qui j'avais payé une bière. Le blond est dans un coin de la pièce en train de se rincer le visage, étrangement couvert de boue. En relevant la tête du lavabo, il m'aperçoit, me salue. Je n'ai pas le temps de m'arrêter, Khadija m'entraîne au fond d'une grande pièce circulaire. Elle tire un rideau monté sur une tringle à la va-vite. Au sol, deux formes allongées, recouvertes d'un drap, inconscientes. Je m'agenouille, tire le coton qui couvre un visage livide, pas la peine de prendre le pouls de celui-là. Je me redresse.

« Khadija, que s'est-il passé ? C'est de la folie, il n'a pas quinze ans !

— Ils étaient partis en mission de repérage, et ce sont eux qui se sont fait prendre. Les flics ont tiré aux balles de caoutchouc. On peut être contents qu'ils ne les aient pas simplement abattus. On les a retrouvés dans la rue. Je n'en sais pas plus.

— Lui, comme tu le vois, est mort, dis-je. Hémorragie cérébrale, j'ajoute à voix basse.

— L'autre... non ? », me demande-t-elle d'une voix lasse, déjà habituée sans doute aux héros de sa révolution.

Je m'accroupis, lève le drap qui le recouvre. L'œil est sorti de sa cavité, la mâchoire de travers, le nez cassé.

La balle de caoutchouc a dû lui arriver en pleine figure. Sa propre mère ne le reconnaîtrait pas. En équilibre sur mes pieds, je regarde Khadija d'en dessous.

« Pour les fractures, il faut du repos. Mais je pense surtout qu'il faut l'emmener à l'hôpital. Vu sa gueule, je ne serais pas étonné qu'il soit en train de faire la même chose que l'autre.

– Pas d'hôpital, c'est la règle.

– Alors tu le condamnes à mort.

– Ce sont ceux qui ont tiré qui l'ont condamné, tu ne crois pas ? »

Je demande une trousse de soins, essaye tant bien que mal de désinfecter les plaies de l'enfant, et enroule ce qu'il reste de son visage défiguré dans un bandage de fortune. Une maison de fous, voilà dans quoi elle s'est mise. Nous repassons le rideau qu'elle tire sur l'agonisant et le mort.

Nous revenons sur nos pas. Des plans s'entassent sur la grande table qui occupe un bon quart de la pièce principale. Je reconnais des schémas du métro, là ce doit être des égouts, ici sans doute des canalisations. Khadija capte mon regard et répond à ma question avant que j'aie pu la formuler.

« On a tout récupéré des petites mains. Les gens du bus, et tous les autres, les anonymes, les silencieux, ceux d'en dessous. Pour faire le sale boulot, il faut bien avoir des plans, s'orienter dans les installations. (Elle rit.) Ils pensaient vraiment que nous n'aurions jamais l'idée de les mettre en commun ? (Elle marque un arrêt.) Il fallait bien que les serviteurs en aient marre de crever un jour, qu'ils demandent leur juste part du gâteau, et s'il faut saborder le système pour l'avoir... »

Je ne l'écoute plus, du couloir en face viennent d'émerger cent douze kilogrammes de muscles et un mètre quatre-vingt-quinze. Je bondis en avant, laissant Khadija seule derrière moi. Kross m'aperçoit et ouvre grand ses bras, je m'y jette, il me soulève sans difficulté et me serre contre lui.

« Jonas, mais qu'est-ce que tu fous là ? Je ne pensais pas que tu reviendrais ! »

Il me repose et m'assène une grande claque qui fait vibrer ma colonne vertébrale. Son rire bruyant emplit mes tympans. Khadija nous rejoint et lui fait la bise. Elle me sourit.

« Ah oui, je n'ai pas eu le temps de te dire, Kross nous a rejoints, il y a quoi, Kross, quatre mois peut-être ?

– Cinq ! dit-il fièrement.

– Oui, pardon, cinq mois déjà, le temps passe vite. »

Je tourne la tête vers l'un puis l'autre. Trop de questions se bousculent dans ma tête, mais pour l'heure je suis juste heureux de les voir vivants.

« Mais Kross, l'hôtel ?

– J'ai fermé, tu n'as pas vu ? Ce n'était plus possible, trop de violence, trop de problèmes. Je ne savais plus quoi en faire, t'étais parti. J'allais accepter de prendre le poste qu'ils me proposaient à l'abattoir, et puis Khadija est venue me chercher... de justesse.

– On n'allait pas laisser tant d'expertise se perdre ! Et Kross avait une motivation toute particulière », dit-elle en désignant la petite brune avec laquelle nous avions pris un verre. Il faut croire qu'elle a démissionné du bordel. Il éclate d'un grand éclat de rire.

« Oui, c'est sympa de ne plus être seul, on s'aime bien.

– Et Kross a eu la gentillesse de nous fournir beaucoup de matériel. Les matelas sur lesquels dorment les gars, les tables, tout ça, c'est grâce à lui.

– Tu exagères, Khadija, c'est trois fois rien, on m'aurait tout pris autrement. (Il se retourne vers moi.) Écoute, Jonas, je n'ai pas le temps de parler là, je dois partir. Mais je suis content que tu sois à bord. Tu vas me raconter ton périple. On va pouvoir se boire quelques bières ! »

Les mots se bloquent dans ma gorge, je ne parviens qu'à produire une bouillie inintelligible. Kross traverse la salle et sort, Khadija me prend la main et m'entraîne vers la porte d'entrée. Je n'ai pas envie de la quitter, nous devons parler, je dois la convaincre, le temps presse, mais je sens que je dois descendre du manège. Elle se tient devant moi.

« Écoute, Jonas, tu es parti, tu es revenu. Je ne te pose pas de questions, pas maintenant, on verra ça plus tard. Mais je veux que, toi, tu réfléchisses un peu : tu vois bien ce que nous sommes en train de faire. Pourquoi ne pas te battre ici, avec nous, avec moi ? Sinon je ne vois vraiment pas pourquoi tu es là. Edmond va parler la semaine prochaine, je veux que tu entendes ce qu'il a à dire.

– C'est quoi son rôle, exactement ? » Je me risque en déglutissant lourdement, chaque mot qu'elle prononce nous éloigne du départ. Elle est attachée à ce combat, au-delà de tout.

« Il est dans l'état-major parisien. On a besoin de cadres, tu comprends ? Et Edmond sait organiser les choses. Il était syndicaliste, avant, dans les usines. Il a gardé des contacts, un réseau, alors, presque naturellement, il est devenu un des chefs. Ce n'est pas *le* plus important, mais il compte. C'est tout ce que tu as besoin de savoir, pour le moment. »

Nous descendons en silence l'escalier assombri par la nuit qui tombe. La verticalité du pouvoir, révolutionnaire ou établi, c'est la seule constante connue. Le reste, les têtes coupées, les fosses communes, les orphelins et les viols, les massacres et les épurations, ce n'est qu'une anecdote de l'Histoire, un bégaiement, une chanson dont personne ne se souvient une fois la douleur passée et les témoins disparus. Ici, vingt mille morts, là, un charnier. Une petite musique insignifiante, indigne de rester en mémoire. Un grand silence en fait, quand on met bout à bout les corps passés sous le rouleau compresseur.

Elle m'a raccompagné jusqu'à l'arrêt du bus extérieur.
« Tu dors chez Kross, je veux dire, à l'hôtel, c'est ça ? »

À mon silence, elle comprend et je lis dans ses yeux un mélange de tendresse et de compassion. Elle plonge sa main au fond de sa poche et ressort un trousseau de clés, en détache une.

« Tiens. Je n'y dors quasiment pas en ce moment. J'ai trop à faire. Tu connais bien les lieux, et puis ça vaut mieux qu'un hôtel peuplé de fantômes, non ? »

J'hésite, elle insiste et me fourre la clé dans la paume. « On a du temps à rattraper, Jonas. Mais vu ta tronche, tu as vraiment besoin de te reposer un peu. »

Alors que les phares se profilent dans la nuit, Khadija m'embrasse sur la joue avant de disparaître de mon champ de vision. Je grimpe à bord, serrant dans ma main ma fausse attestation et la clé, promesse d'un renouveau ou d'un dernier goût d'elle. Je dois faire peine à voir pour qu'elle en vienne à me prêter son appartement. Sur le trajet, je me remémore, impatient, son deux-pièces. Je ris jaune à l'idée d'y découvrir les traces d'un autre homme que Khadija aurait oubliées là, trop concentrée à refaire le monde. Arrivé à Paris, en descendant avec l'armée des misérables en charge du service de nuit, je vois un couple m'observer. La sidération se lit sur leurs visages. Sans doute se disent-ils, dans leur respectabilité, que « ça y est, on en est là » : moi, le petit Blanc, bien propre, ravalé au rang de ces âmes asservies. J'ai envie de leur envoyer une serpillière à la figure, mais les militaires à l'arrêt de bus m'en empêcheraient, ils n'ont rien à envier au physique de Kross.

Malgré le danger, je rentre à pied jusqu'à chez Khadija, je ne peux plus m'offrir le luxe d'un transport individuel. Des rues désertes se succèdent, étrangement calmes. Un journal traîne sous un abribus, je l'attrape au passage. Rien sur l'émeute, rien sur *Absolum.* Une pleine page sur le programme de blanchiment du ciel, avec ce qui doit être un dirigeant chinois se félicitant du succès de l'opération. Khadija a raison sur ce point, c'est un désastre dont on se réjouit. Je me souviens de ce qu'elle m'avait dit, comme Nat', il y a une éternité déjà : « Personne ne verra plus les étoiles. » Soumettre les corps ne suffit plus à la grande civilisation humaine, il faut maintenant prendre le contrôle du ciel. Que chaque plante, chaque animal, chaque once de vie prouve son intérêt ou disparaisse ! Le tribunal des Hommes a décidé, les dossiers ont été soupesés, étudiés.

Son odeur familière est restée dans l'air. Rien n'a bougé, ni son lit sous les combles ni sa petite cuisine, avec la tasse du matin qui traîne. C'est mon plus grand bonheur depuis le départ d'Arcis. Un bout d'existence, à l'ombre de la ville et de ses démences. Dans la salle de bains, au-dessus du lavabo, je m'attelle à changer mon pansement : je gratte la terre orangée qui a formé une large croûte le long de la plaie. Dans l'armoire à pharmacie, évidemment rien, une vieille boîte de doliprane, des tampons. Pourquoi aurait-on besoin, à vingt-quatre ans, d'avoir du désinfectant, quand rien ne peut nous arriver ? Je trouve une bouteille d'alcool dans un placard de la cuisine, je désinfecte, fais un pansement de fortune avec un torchon propre, vide le reste dans un verre et me dirige vers le salon. Je me balade dans la bibliothèque de Khadija. Des traités marxistes, un sur le féminisme décolonial, un vieux bouquin « état d'urgence climatique » signé par un politique de l'époque, lorsque *servir* pouvait encore avoir un sens. Je l'attrape et feuillette rapidement les aphorismes de l'impuissance. « Prise de conscience », « transformation de notre société », « courage ». Les pages s'égrènent et le bilan de notre faillite avec. Ce n'était sans doute pas un mauvais type, il a essayé, à sa manière, de faire *quelque chose.* Sur la table basse, j'aperçois un paquet de cigarettes. J'en allume une et ouvre la fenêtre. Dehors, une file se forme devant une supérette ouverte vingt-quatre heures sur vingt-quatre. J'observe de la fenêtre le patron mettre une table en travers de l'entrée pour barrer le passage. Avec un gamin qui a l'âge d'être son fils, il est en train de barricader la vitrine. Des planches de bois cloutées sur le verre, pour retenir le poids du monde désireux d'avoir à manger, paniqué par la mise en place du rationnement. Le fils attrape un mégaphone, monte sur la table avec un fusil bien en vue. « Bonjour. Merci de respecter la ligne et de sortir vos cartes pour faire gagner du temps à tout le monde. » *On en est là*, ça recommence.

Je repousse la fenêtre en prenant soin de laisser passer un courant d'air. Dans la pénombre, je m'écroule sur le fauteuil qu'elle tient de son grand-père. La révolution se transmet-elle par le sang ? Que m'ont-ils transmis les miens, alors ? Le goût de la servitude, l'alcoolisme, le soin d'avoir une vie rangée, le besoin de porter les mourants, ou le prix de l'amour ? Je sors de ma sacoche l'enveloppe de Marty. Une feuille de papier pliée maladroitement et un seul comprimé, en souvenir du bon vieux temps. L'écriture enfantine, grossière, faite de pleins et de déliés m'arrache un rire. « Merci, camarade. » J'avale la pilule rose avec le reste de l'alcool et penche la tête en arrière. Revenez, soirs débridés à danser au bord du précipice sur une musique assourdissante.

Revenez, moments d'insouciance et baisers volés, foule innombrable qui savait mais ne voulait pas, qui voulait mais ne pouvait pas. Je vous convoque, par la puissance de Marty !

Je m'en souviens à présent. D'abord les picotements au bout d'une main, une boule dans l'estomac, la mâchoire qui se contracte, les idées qui s'estompent. Dans le flou, la lumière passe à travers les craquelures de l'existence. Mourir un peu, pour vivre encore. Dehors une détonation retentit. Impossible de savoir si c'est vrai ou si j'hallucine. Sans certitude de mes gestes ni de ma conscience, j'attrape mon téléphone, je ferme l'œil gauche pour faire la mise au point. Le répertoire défile sous mes coups de pouce. A... D... G, des noms du passé, des copains morts, d'autres partis. K., je m'approche. Lui proposer de partir ensemble, c'est simple, pas compliqué, ça prendra quelques secondes, une petite poignée. Mais elle ne m'écoutera pas, elle doit d'abord se libérer du serment, vaincre ou admettre l'absence d'espoir, achever son histoire sur cette terre pour en accepter une autre, avec moi. « Jonas ? » Une fusillade dehors ? Le cœur qui bat trop fort ? « Khadija, OK, je veux en être. » Je raccroche et penche ma tête en arrière. Je me sens bien, l'effet de la drogue ne fait pas tout. Peut-être a-t-elle raison, au fond. Peut-on vraiment éteindre la race des maîtres ? Celle qui a pris les Noirs d'Afrique pour les coller dans des champs de coton. Celle qui a pillé, massacré, jusqu'à ses propres enfants, pour un mètre de lopin de terre du voisin. Celle qui a crevé les montagnes pour se gaver de charbon, percé les déserts pour y boire le pétrole. Celle qui s'est introduite partout pour chasser les langues indignes, les rituels barbares. La race qui a violé par millions les femmes. La race des seigneurs qui a fait régner sa terreur sur chaque parcelle de peau, dans chaque wagon de métro, dans chaque maison, dans chaque lit. La race qui a ravagé le monde. Serait-ce donc cela qu'il fallait faire depuis le début, choisir ? Partir ou rester, collaborer ou se battre, aimer et mourir peut-être.

18

L'aube se lève à peine, Khadija m'attend en bas. Elle n'est pas rentrée depuis plusieurs jours, j'ai patienté seul. Sans doute cherche-t-elle, même inconsciemment, à me faire payer mon absence. Dans les deux pièces, les idées ont tourné, elles se sont mélangées au point de former des créatures hybrides, terrifiantes, monstrueuses. Surtout, ne pas réfléchir, ne pas penser, ne pas m'observer. Ça va aller, quelques jours seulement, elle va bien se rendre compte que c'est impossible et alors elle n'aura plus le choix, nous partirons. Cela ressemble de plus en plus à un mensonge que je me répète pour m'apaiser. Mais non, tu ne vas pas crever là, comme ça, dans une demi-révolution de bras cassés. Mais oui, elle t'aime, elle veut cette vie avec toi, là-bas, à construire, à inventer, déliée de la catastrophe, pleine de possibles.

Avant de sortir, je jette un œil à mon reflet dans la glace du couloir : les yeux tirés, les cheveux en bataille, la tête en vrac. Pas fameux. Je passe la porte de l'immeuble, elle m'enlace, me retient contre elle, trop longtemps, comme pour suggérer qu'il existe entre nous un lien profond, au-delà du souvenir des corps. Elle aussi a l'air fatiguée. Elle rit en voyant le torchon enroulé sur ma main, la cicatrisation prend du temps. Devant l'épicier, la rangée docile s'étend maintenant jusqu'en haut de la rue.

« Tu as vu ? Ils ont mis en place le rationnement de nuit, l'autre jour, pour éviter les mouvements de foule. »

Sans amertume, elle énonce une réalité que nous connaissons tous deux.

Nous marchons sans parler jusqu'à l'entrée d'un café, pas loin de la rue des Pyrénées et de celle de Ménilmontant. Un de ces bars miteux dont l'odeur de misère donne envie de changer de trottoir pour ne pas voir l'intérieur. On y trouve tout l'alcool de contrebande imaginable. Le gouvernement devait bien acheter la paix civile en lâchant du lest, un peuple éthylique ne représente pas une grande menace pour l'ordre établi.

« Alors, c'est ça le nouveau monde ? Ça ressemble pas mal à l'ancien », dis-je en entrant dans l'établissement.

Mes traits d'esprit ne l'amusent pas, je ferais mieux de me taire, mais j'aime voir la grimace légère qu'elle fait lorsqu'elle est contrariée.

« Montre un peu de respect pour ta section ! »

Ça ne rigole plus. Au comptoir, Khadija salue le patron avec une grande accolade. Il a la tronche patibulaire des gars qu'il ne fait pas bon rencontrer le soir, au détour d'une ruelle. Il me dévisage longuement, me serre la main, m'offre un verre, je prends de l'eau. J'ai une sacrée gueule de bois, la solitude ne m'a pas fait de bien. Nous remontons le long du comptoir en zinc sur lequel les bouteilles en verre s'accumulent. À l'arrière, une porte derrière une rangée de chaises qui donne sur les toilettes. Une odeur rance de pisse.

« Ouais, je sais, ça pue. Les égouts ont lâché depuis trois semaines. »

On traverse une flaque. Le patron pousse une autre porte et découvre une arrière-salle mal éclairée. Par les soupiraux, je vois les pieds des piétons dans la rue.

« Voilà (il étend un bras pour désigner les quelques chaises vides qui nous entourent), bienvenue dans ta section. »

J'ai dirigé des équipes, donné des ordres, engueulé des gars. Jeune, j'ai fait des meetings, des campagnes, distribué des tracts. Quelques manifestations également, le souvenir tenace de l'odeur des lacrymogènes. Mais, jamais, je n'ai tenu un jerrican de mazout pour remplir des bouteilles, ni distribué des cartouches. Ce ne doit pas être bien différent que piquer un patient, tous les corps ne sont jamais qu'en sursis.

« L'objectif, dit le patron, c'est de prendre les principaux nœuds de communication et de les tenir, le temps que les autres s'occupent des lieux de pouvoir. Nous, on doit choper trois rues. C'est tout. Trois petites rues et on gagne.

— Dans les autres villes, ça se passe comment ?

— Les copains sont partout, ça ira vite. Ce sera rapide, net, imparable.

— Vu le nombre de flics et de militaires, j'en doute... »

Khadija m'interrompt.

« Ça, c'est le travail de l'état-major, pas le nôtre. Nous, on s'occupe de nos sections. Chaque rouage a son rôle précis, chacun contribue à faire tourner la mécanique.

— Et ton rouage à toi, il est où ? Quitte à mourir, autant être ensemble. Le patron me dévisage, elle souffle.

— Je vais te le dire, Jonas, même si tu n'as pas à le savoir. Je suis à côté du périph'.

— Là où tu m'as emmené ? »

J'insiste, je pourrais peut-être m'esquiver en douce d'ici, la rejoindre.

« Peut-être bien. Ce n'est pas l'absence de confiance en toi, tu sais. Mais nous devons être prudents. Si l'un de nous en sait trop, tout peut foirer. »

Le patron tire trois chaises, on s'assoit en cercle. Il a l'air prêt à deviser, je n'en ai pas l'envie.

« Tu vois, mon gars, elle a raison (il nous désigne du menton), je ne connais pas votre nom et je ne vais pas vous le demander.

— Et toi, pourquoi tu fais ça ? »

Il me dévisage, plus fort cette fois-ci, comme si j'avais osé remettre en cause sa loyauté, sort une cigarette d'un paquet crasseux, l'allume. Khadija a son corps en mouvement, fait trembler son pied d'agitation, tapote sur sa bouteille de bière, remet en place ses longs cheveux noirs, me jette souvent un regard en coin. Elle a l'âge de ne pas être calme. Le patron déballe sa vie, ses engagements. Les manifs pacifistes à se faire gazer gentiment, le vote, le tri, le recyclage, les lumières éteintes en sortant, l'eau du robinet qu'on coupe en se lavant les dents, les légumes bio – les reliquats du monde ancien y passent. Ça doit le soulager d'être épaulé dans sa section. Il continue son monologue, il vide son sac, trop-plein d'années perdues. « Et tout ça pour quoi ? Rien n'a changé. En fait si, ça a changé, mais pas dans le bon sens. J'ai cinquante-neuf ans, c'est fini, ma vie elle est derrière. Mais je refuse de laisser tomber, pour mes deux fistons, tant qu'il en est encore temps. Puis ils sont dans la bataille eux aussi, je ne vais pas les laisser seuls. »

C'est triste, une famille dispersée. J'acquiesce, je me force à être ce soldat acquis à la cause : autant utiliser ce qu'il nous reste de vie sur terre pour se battre, crever, oui, mais dans la gloire et les honneurs. Il reprend.

« Au moins j'aurai tenté, j'aurai agi pour la première fois de ma vie sans doute. Je n'aime pas la violence, je n'ai aucune envie de tirer sur des gens. Mais là, plus le choix. M'en fous, tu sais, capitaliste ou pas, je n'en ai rien à secouer (il finit la bouteille de bière cul sec), c'est des mots, ça. Et ça dit quoi du monde ? Rien. Que dalle. On reprend les commandes. Si on doit se planter, pour une fois, ce sera vraiment notre faute. »

« Alors, c'est bon, tu acceptes de tenir Ménilmontant ? »

Khadija marche vite, un pas devant, elle s'est retournée pour me poser la question. On a quitté le bar après avoir écouté les doléances du patron, j'ai secoué la tête quand il le fallait, j'ai fait mon job de révolutionnaire en carton. Sur la route vers le bus, on passe devant un supermarché, rideau baissé. Une affiche annonce une distribution le lendemain. Un attroupement devant.

Une femme hurle. « Assez ! On en a marre ! Assez ! » Tandis qu'on attend sous l'abribus, le groupe grossit, les voisins accourent, la rumeur enfle, se répand. Bientôt tout Paris bruissera du même élan. Suffit-il de prendre trois rues pour sauver ce qui peut encore l'être ?

Ce soir, nous sommes de retour en banlieue, là où Khadija m'a déjà emmené, sa section, même si elle ne me le confirmera pas. Sur des mètres à la ronde, des guetteurs surveillent une éventuelle descente de police. Ils nous ont stoppés à plusieurs reprises pour vérifier que nous avions le mot de passe. La moindre erreur aurait sonné l'évacuation. Nous sommes entrés par une porte dérobée dans une impasse. La salle principale a été débarrassée des plans et des ordinateurs. Éclairées à la bougie, des tables sont disposées, des dizaines de personnes s'affairent. Dans l'agitation, j'aperçois Kross à une table. De loin, il m'a déjà repéré et lève son bras droit. Je fais un signe à Khadija, « à tout à l'heure », et me dirige vers lui. J'attrape une chaise, salue les quelques-uns attablés. Un gamin s'assoit à côté de moi et dépose deux énormes pichets de vin devant nous. Tous se servent. Deuxième tournée, ça se déride, la différence générationnelle s'amenuise. À deux grammes, on a tous vingt ans, mais il faut pouvoir suivre pour en arriver jusque-là. C'est sans doute ça, la vieillesse, perdre la capacité de rajeunir, le temps d'une nuit. La copine de Kross lui a posé la main sur la cuisse, pas loin de l'entrejambe. Il se ressert un verre, son élocution se détériore, il est salement soûl.

Soudain, la lumière baisse et les regards se tournent vers une estrade dressée au fond de la salle. Une femme y monte, maladroitement. Au sommet, elle jauge notre assemblée, puis s'éclaircit la voix, ferme les yeux, cherche une inspiration particulière. Les premières notes résonnent, un air connu. Je l'ai entendue un jour, cette chanson, enfant, sur les épaules de mon père alors que des drapeaux rouges flottaient sur son chantier. Elle chante en arabe, enfin, dans une langue qui y ressemble. Mais ce n'est sans doute pas ça puisque Kross relève sa carcasse d'un coup, manquant d'envoyer la table valser dans le décor. Il entonne le refrain en chœur. Lui chante en polonais. À côté de moi, un vieux monsieur en espagnol. Là-bas, en japonais, en corse, en dialectes dont je n'ai pas idée. À l'artiste ratée, un public polyglotte suffit. Je ne comprends pas les paroles, mais Kross pleure. Pas besoin d'en savoir plus, c'est évident. Ça vient du fond des âges. Qu'importe la langue, c'est un même chant, celui des matins glorieux, des batailles à mener, des victoires promises. L'appel à la liberté, chantée, jamais conquise. C'est le chœur fatigué de ces femmes qui ne veulent plus l'oppression des hommes. Ce sont ces parents qui refusent de pleurer un autre enfant mort. Ce sont ces filles et ces fils qui exigent un avenir. Ce sont toutes ces vies en errance, peuplées du vacarme que font les absents les soirs d'insomnie. C'est le chant d'un glacier qui tombe, d'une forêt qui se consume, du dernier oiseau. C'est l'hymne de l'extinction.

« Je ne comprends pas, Kross, qu'est-ce que tu fous là-dedans ? »

Il louche un peu. Je sens bien qu'il fait un effort pour articuler distinctement, mais le résultat n'est pas au rendez-vous, je comprends un mot sur deux.

« Qu'est-ce que tu veux dire, Jonas ? Edmond parle demain (il déglutit), on va enfin y aller, on va tout changer... alors, on arrose ça, quoi !

Je lui prends la main, ses gros yeux se relèvent lentement vers moi, je lui parle doucement pour que nos voisins n'entendent rien.

« C'est une révolution... tu as compris ? Ça veut dire tuer des gens... »

Il retire son bras sèchement.

« Ah non ! Je l'ai dit à Khadija : je ne tue personne. Plus jamais ! »

Je n'ai pas le temps de le ramener à la raison. La lumière s'est de nouveau éteinte et je vois Khadija devant moi.

« Laisse-le, il a trop bu. (Deux notes résonnent. Elle esquisse quelques pas en riant, me tend sa main.) Tu m'accordes cette danse ? »

Khadija tourne dans les airs, absoute de la gravité et des forces qui régissent les hommes. Elle danse et abolit à chaque pas les déterminismes, les raisonnements, les croyances. Déconstruire pour n'exister qu'à l'instant précis. Le *t* du moment, qui pardonne tout et n'engage à rien. Elle tourne et rit. Je jubile avec elle, la fais descendre doucement, la tiens par les hanches. Il ne peut rien nous arriver, pour un très bref instant, nous sommes en sécurité. Je m'approche, sa tête n'est plus qu'à quelques centimètres de la mienne. La salle tourbillonne, les danseurs se frôlent, les tee-shirts sont tombés, les poitrines plus ou moins fermes et belles, les ventres arrondis, les pectoraux approximatifs, dans la pénombre, tout peut être fantasmé. Un verre de vin s'écoule lentement sur la nappe à côté de Kross endormi, la musique est trop forte et pas assez bonne. Elle s'approche, ses lèvres touchent les miennes. Nos fronts en sueur se mêlent. Je l'embrasse à nouveau, comme pour la tirer tout entière à la seule force de ses lèvres, l'attacher, la retenir, l'emporter. J'ai envie d'elle. De lui murmurer à l'oreille. Nous ferons une liste de nos malheurs, et nous ferons l'amour, jusqu'à ce que celle-ci soit terminée. Demain, Edmond parle. Ce soir, la catastrophe est à distance. Nous ne sommes pas encore condamnés. Kross dort, Khadija règne, impériale, sur des nuits dont les mystères restent à percer, attendant que sa lumière s'éteigne ou qu'un autre la ranime, souriant au monde comme si elle venait seulement de le retrouver.

19

Le visage de Khadija n'est pas marqué par la fatigue de la veille, tandis que, moi, je sens mes paupières lourdes et un vieux goût aigre dans la gorge. Elle écoute Edmond avec ferveur, comme on écouterait le Christ ou Mahomet assis sur une pierre, délivrant la parole divine aux portes du désert. Une phrase retient mon attention. Il l'a prononcée sans gravité : ils ne sont pas encore prêts, la rue les prend de vitesse. Il faut remplir les bouteilles, imbiber les chiffons, rassembler les briquets, passer le message, de bouche à bouche, dans chaque ville. Des murmures parcourent l'assemblée. Edmond ouvre le débat, pour calmer l'audience. L'état-major a demandé au QG de Khadija de voter. « Nous ne rétablirons pas la démocratie sans choisir ensemble », a-t-il dit. Alors ils débattent, pour savoir s'il faut lancer la révolution plus tôt que prévu. Edmond temporise, il veut attendre, pris d'un élan de lucidité sur le ridicule de la situation. Il s'agit de vies humaines mises en jeu. Ce sont des mois, si ce ne sont des années, de planification. « Quand c'est parti, ça ne s'arrêtera pas. Nous n'aurons qu'une seule chance. » Cela résume la nature du problème. Il me fixe. Mon air narquois a fini par me faire remarquer, évidemment :

personne n'aime le loup dans la bergerie. Khadija se tourne vers moi avec les autres visages. Merde ! Il m'a parlé, je n'ai rien écouté. J'imagine qu'il m'a demandé mon avis sur la question, que peut-il me demander d'autre ?

« Je pense que. » À l'air encourageant qu'adopte Khadija, je comprends que j'ai bon, on m'a demandé de penser, ou du moins de prétendre. Je décolle mon dos du mur et décroise mes doigts. Je suis à l'aise dans le vide, suspendu, prêt à tomber ou à m'envoler. Je m'éclaircis la voix. « Je pense que. » Khadija me regarde. Elle a les yeux cernés d'un bleu profond, océanique. Ses seins se soulèvent lentement sous son débardeur, une respiration un peu rapide, saccadée, pas très profonde. « Je pense que. » Bientôt, elle se lèvera, emportera le monde avec elle, ébranlera les empires. « Je pense que. » Bientôt, Khadija aura les yeux bandés, les mains nouées ensemble, elle tremblera doucement. Ce ne sera pas le froid du matin, ni même sans doute la peur. Ce sera l'excitation de sa plus belle victoire. « Je pense que. » Bientôt, Khadija, si belle, si jeune, si tuméfiée, sera contre le mur avec ses copains. Déjà, leurs noms sont gravés à la cuillère dans la pierre de la cellule. Les plaques sont prêtes, la date fixée, les trous creusés. La terre, sèche et ingrate, l'attend. « Je pense que. » On la roulera dans un drap blanc tacheté de rouge. On n'aura pas besoin de l'incinérer, on la laissera pourrir. Deux miliciens la pousseront au fond du trou d'un coup de pied, hilares, au fond d'eux chagrins d'enterrer une si belle fille sans en avoir profité.

« Je pense que... je n'ai pas voix au chapitre. »

Je ne suis pas encore condamné, je peux faire marche arrière. Rien ne m'oblige à mettre ma tête sur le billot. J'ai servi, essuyé, lavé, pansé, tué. Quel prix en plus devrais-je payer ? J'ai fait comme j'ai pu, j'ai essayé, tout foiré. On fait ce qu'on peut avec ce qu'on est. Mais pourquoi crever là, ici, au nom de qui, de quoi, alors que l'on peut encore tenter notre chance. J'entends les critiques, les sifflets, les regards chargés de reproches, le dégoût, le mépris. Mais je ne peux plus m'arrêter. Quelle peine dois-je racheter, ce n'est pas ma faute, merde !

« En fait, vous n'y arriverez pas. Je vois les flics dehors, l'armée. Et même si, à quoi bon ? Tant pis si c'est trop tard, si l'injustice a gagné. Le monde brûle, vous ne l'éteindrez pas. Il n'y a plus rien à sauver, plus personne qui mérite de vivre plus qu'un autre. Que vais-je apporter à votre combat à part ma certitude du désastre ? »

Pauvres martyrs, pauvres enfants soldats, si troués de balles que vous en chantez d'avance les récits. Pauvre Khadija, si condamnée que tu en es tellement vivante. Je lui attrape le poignet.

« Tu me fais mal ! »

Je ne la lâche pas. J'agis sans conscience, par automatisme, je ne me contrôle plus. Je pousse un gamin sur mon chemin. Il tombe au sol lourdement. Une clameur monte.

« Jonas, mais putain, tu fais quoi ! »

Bruits de chaises qui raclent le sol. La porte n'est plus qu'à quelques mètres. C'est décidé, je l'emmène, loin, tant pis si elle ne veut pas. On va marcher jusqu'au nord, je me teindrai les cheveux, elle les coupera court, personne ne nous reconnaîtra. Ou alors, on va aller en Bretagne avec Marty, on prendra un bateau. Ou bien on ira chez Natalia, je me prosternerai à demi, elle me pardonnera. Mais on ne va pas rester là, à attendre la balle dans la nuque.

« Lâche-moi ! »

Elle m'en voudra au départ, mais elle me pardonnera avec le temps, elle comprendra que j'ai eu raison. Il n'y a rien à sauver ici. Qu'importe où nous irons, on trouvera bien un moyen de s'inventer une vie, de réparer, d'oublier.

« Mais Jonas, putain ! »

Et si on ne trouve rien, on aura essayé.

La sensation sèche du sol qui cogne ma joue cède immédiatement sa place au goût du sang chaud, liquide dans ma bouche. La douleur vient seulement après. J'ai le nez endolori, impossible d'inspirer. Je me relève sur un bras. Khadija est là, à côté d'elle, Kross, les bras le long du corps. Je me relève doucement, du sang coule sur ma chemise. Je dévisage mon ami, mon hôtelier, celui qui vient de me faire tomber. J'ai envie de lui casser la gueule. Khadija ne sait pas quoi dire.

« Écoute, Jonas, va-t'en. Maintenant. Pars. Oublie que tu nous as vus ici. Fous le camp pour de bon ! »

Ils disparaissent. Je crache un bon glaviot au sol. Kross ne m'a pas raté.

20

J'ai laissé la clé de Khadija à la petite gardienne du bâtiment avant de disparaître, le nez ensanglanté. J'avais à peine atteint l'hôtel que les premiers barrages étaient dressés dans les rues. En quelques heures, la capitale a été verrouillée, couvercle bien vissé sur le bocal, et moi bloqué à l'intérieur. Les premières manifestations ont été pacifiques. Un long cortège a traversé Paris et plusieurs villes de province. Des gens, le poing levé, réclamant un juste partage des ressources. Les médias couvrant l'événement avec une forme de bienveillance, si tant est que cela puisse exister, en cachant les matraques et le contrôle vain des manifestants. Rapidement toutefois, j'ai compris qu'ils avaient décidé de faire monter le thermostat. Les premières armes sont apparues sur les écrans, et le ton a changé. « Agression », « sécession », « anarchie », « terrorisme », les mots-clés de la répression se sont mis en place pour que celle-ci puisse aboutir. Trois voitures brûlées ont servi de *casus belli*. Depuis, Paris n'est qu'un espace clos de violences et les gestes ordinaires sont devenus difficiles. Manger, se déplacer, s'informer. Impossible de savoir qui tient quoi, de distinguer entre la police, les militaires et les révolutionnaires campés dans la ville.

Devant le supermarché, je sens qu'il est temps de bouger. Je m'extrais rapidement de la queue et prends la première à gauche. Juste à temps. Derrière, une rafale se répercute en écho. Les cris, eux, n'ont pas besoin d'amplification. Je le sentais mal, dès le début : la foule, trop importante, la certitude qu'il n'y en aurait pas assez. Les soldats, suffisamment nombreux pour exciter la pulsion de mort, pas assez pour impressionner. Alors, quand un type bourru a crié dans la foule et a couru vers le check-point, j'ai préféré fuir. Ce n'était pas simple la dernière fois, le rationnement. Maintenant, cela promet d'être un enfer. J'attends la fin, adossé à un mur, mon corps presque fondu avec la lourde pierre chaude. Cela ne dure que quelques instants, le calme revient. En passant une tête au coin de la rue, je vois un soldat éteindre les flammes du cocktail Molotov avec le pied. Les gens ont faim, ils feraient n'importe quoi pour avoir de quoi becqueter, quitte à enjamber le corps chaud d'un révolutionnaire raté. Je fais demi-tour et rentre à l'hôtel, le ventre creux et les mains vides. J'ai acheté à une grand-mère du quartier des pots de confiture de figues maison. Ils ont bien quelques années, mais correctement stérilisés, c'est impérissable. Avec ça, je devrais pouvoir tenir deux-trois jours. Je monte les deux étages, la nuit tombe et le courant électrique est coupé partout dans la ville.

Sous la tente, j'avale sans conviction trois cuillères de confiture et m'allonge. Dans la rue, le silence est rompu par des rafales et, de temps à autre, le bruit sourd d'une explosion au loin. La fille du bar m'a dit hier qu'ils ont pris l'Assemblée après des combats violents. Je comprends le symbole, s'emparer d'une vieille maison que le peuple a cessé d'habiter depuis des années ne me paraît cependant pas le plus efficace. Cet après-midi, j'ai vu passer un défilé de camions de flics et de militaires sur la place, sirènes éteintes. Ils étaient en nombre, je doute qu'ils aient vraiment peur d'une bande d'illuminés. Je ferme la tente pour éviter les moustiques, j'ai maintenant la tête qui tourne, je sens mes paupières, lourdes, qui se ferment.

Je me réveille dans le noir, en sursaut, pour aller vomir : trop de figues, pas assez d'autre chose. Alors que je reviens vers la chambre, je suis attiré par une lumière dansante dans la rue. J'ouvre la fenêtre du bout du couloir, dehors, la nuit a apporté de la fraîcheur. En bas, des dizaines de femmes et d'hommes rassemblent ce qu'ils trouvent et y mettent le feu, en travers de la chaussée. Je me penche, vois d'en haut un visage familier, Kross donne des ordres. Un groupe d'adolescents vide une voiture, lourdes caisses en bois qui s'empilent de l'autre côté de la barricade. Sur ma droite, j'entends un craquement, un coup de feu, pas loin, très près, je me recule. La place se vide, ils se dispersent. Je perds Kross du regard. Je le cherche parmi les visages découpés à la lumière des flammes, j'hésite à descendre, la porte est ouverte, il est chez lui ici, il rentrera se cacher s'il le faut. En face, sur le toit de l'immeuble, je vois un mouvement. Une troupe est en train de prendre position. Les caisses s'ouvrent, des cris, la voix de Kross au-dessus du tumulte. Des enfants chargent un fusil,

Kross s'en saisit. Je devine chacun de ses muscles tendus, aiguisés par l'entraînement, la pratique. Il escalade rapidement la barricade, se couche au sol, vise les uniformes sur le toit. Je ferme les yeux et rentre ma tête dans les épaules. J'attends, un déclic, un bruit, le tonnerre et la rage de Kross, le légionnaire, qui va s'abattre sur ceux qui ont eu l'audace de le défier. Ils ne savent pas, perchés sur leur toit, ce qu'il a vécu. Non, ils ignorent tout du soldat, de l'homme, de l'honneur, des espoirs murmurés en travers du comptoir. Ils n'ont jamais entendu son rire qui fend les montagnes, sa poigne qui disloque les os de la main. Dans le silence, je rouvre lentement les yeux, Kross n'a pas bougé, il laisse retomber lentement le fusil sans un coup. Un flash sur le toit, je hurle sans entendre le son de ma voix, les balles recouvrent la place.

Ça a duré toute la nuit. Au matin, la barricade avait tenu, ils avaient encore le contrôle de la rue. Le corps de Kross a été emmené. Je me suis approché, mais je n'ai pas pu le voir, il appartenait déjà aux Disposeurs. Je suis remonté dans ma chambre, tournant le dos aux héros de la nuit. Sous la tente, je me suis allongé et j'ai essayé de dormir, les yeux grands ouverts, la tête vide, déjà mort moi aussi.

À la radio, une voix qui ressemble à celle d'Edmond a annoncé la suspension du gouvernement et la mise en place d'un comité d'urgence citoyen. J'ai cru reconnaître celle de Khadija lorsqu'ils ont annoncé la confiscation des biens des banques et la mise en place d'un programme national d'autosuffisance alimentaire.

Elle a conquis son avenir, fait sa place, gagné son droit à la table des adultes. Depuis, rien, tout a cessé d'émettre, plusieurs heures déjà. Sur la place, la tension est palpable. Un type sur la barricade m'a confié que les cartes n'étaient pas jouées. On dirait bien qu'ils ont réussi, pourtant : cet après-midi, si la radio est éteinte, l'eau courante est revenue. Je prends ma première douche depuis deux semaines.

J'ai roulé la toile soigneusement en vérifiant l'absence d'accrocs, mis les piquets dans un petit sac, placé le duvet autour du brûleur du réchaud pour le protéger des chocs. Le corridor qui s'est ouvert, hier matin à l'est, pour laisser passer des vivres, c'est ma chance de sortir d'ici. Le passeur part dans quelques jours, cela me laisse juste le temps de rallier le point de rendez-vous. Rien ne me retient plus. L'heure a sonné, les adieux sont faits, refaits. Khadija doit déjà être dans un grand bureau à mettre en place son programme, à faire vivre ses idées. Je marche à bons pas. Elle fera un boulot incroyable, je n'en doute pas. Peut-être même finira-t-elle par prendre la tête du mouvement, du pays, pourquoi pas. Elle en a l'énergie et l'envie. L'air est vif, électrique, la rue animée. Je bifurque vers Nation. Sans doute rencontrera-t-elle rapidement un révolutionnaire comme elle, un type portant les traces du combat, blessé mais revenu d'entre les morts, une cicatrice au visage en guise de médaille. Ils vivront une vie heureuse, réparant le monde en journée avant de s'aimer le soir. Au loin je distingue un barrage. Contrôle d'identité, milice révolutionnaire blasée par l'ennui d'une victoire trop facile. Chaque fois, les anciens maîtres se mettent en rangs d'oignons, prompts à présenter leurs papiers à des femmes et hommes qui, hier encore, travaillaient à leur bien-être et leur propreté. Si calmes, ces bourgeois défaits, qu'on pourrait croire qu'ils sont nés, eux aussi, pour baisser l'échine. Ce barrage est différent, quelque chose cloche : la voiture en travers de la route est siglée bleu-blanc-rouge. Les uniformes sont bien noirs, impeccables, fraîchement repassés. Ce sont les flics, les vrais. La foule se presse, se bat presque pour être parmi les premiers à présenter son sésame d'identité. Je sens mon cœur s'accélérer, j'entends soudain leurs voix qui s'élèvent et cognent. « *Viva ! Viva !* » Ils sont si contents de retrouver leur domination, leurs certitudes, leur oubli de la catastrophe, qu'ils les embrassent, les portent en héros. « *Viva ! Viva !* » Ils emporteront le monde avec eux.

Pris de panique, je fais demi-tour, vite, avant qu'on me voie. « Hé ! Vous ! » Je cours. Sans me retourner, sans regarder derrière si le fusil s'ajuste bien, si le doigt se pose sur la gâchette, si la foule se prépare à lever mon corps. Je n'ai pas le temps. S'ils sont là, alors Paris va être repris. La section de Khadija est toute proche, juste au bord du périphérique. Ça va aller. C'est bon, je suis large, ils ne peuvent pas avoir récupéré le contrôle de la ville à cette vitesse. Il y a un mouvement, un état-major, des plans. Il y a toujours des plans, oui, une contre-offensive, une percée décisive, un ordre de mobilisation. Le sac glisse, tombe, je ne me retourne pas. Il suffit que trois rues tiennent encore, un carrefour, un feu rouge, et Khadija sera vivante. Elle doit être penchée sur une table, avec un demi-sourire, conquérante, contemplant l'ennemi tombant dans son piège. « C'est là que nous les étoufferons. »

Je cours, sans m'arrêter. Khadija n'a pas vu la planète devenir un désir stérile, elle a sa jeunesse, son avenir. Ils ne la mettront pas contre un mur, elle n'aura jamais peur, les balles ne déchiquetteront pas sa poitrine. Jamais ses vingt-quatre ans ne cesseront de battre. Si Khadija devait perdre, que resterait-il à espérer du monde ? La porte de l'immeuble qui abrite sa section est éventrée. Une épaisse fumée noire sort des fenêtres du dernier étage. Sur le mur, des éclats de balles. L'escalier est jonché de papiers. Les marches grincent sous mon poids. Je monte doucement, en silence. Elle doit être en haut. Elle m'attend. Je lui dirai que je suis désolé. Désolé d'être parti sans me battre. Désolé d'avoir cherché ailleurs ce que nous devions sauver ici.

Dernière marche. Dehors, une clameur monte. Une foule immense vient nous chercher. Flics, révolutionnaires, pillards, qu'importe. Ils sont venus, les espoirs gâchés, les rêves perdus, les jours envolés. Elles sont là, les larmes écrasées, les enfances brisées. La foule monte l'escalier, se passant un morceau de nuit, un corps de femme, le bruit d'une conversation jamais rompue, toujours reprise. Mutins et mercenaires sont sur le seuil, se font silencieux, ils attendent. Je m'allonge près d'elle. Ma main ne tremble pas. « Écoute-moi, Khadija, c'est fini. Je ne partirai pas. Je ne fuirai plus. Nous resterons. Nous nous battrons. Cette Terre est aussi la nôtre. » Voilà. Ils peuvent entrer à présent. Ils n'auront que notre silence.

Pour en savoir plus
sur les Éditions Plon
(catalogue, auteurs, vidéos, actualités...),
vous pouvez consulter
www.plon.fr
www.lisez.com

lisez!

et nous suivre sur les réseaux sociaux

Editions Plon
@EditionsPlon
@editionsplon

MIXTE
Papier issu de
sources responsables
FSC® C003309

L'éditeur de cet ouvrage s'engage dans une démarche
de certification FSC® qui contribue à la préservation
des forêts pour les générations futures.

Pour en savoir plus :
www.editis.com/engagement-rse/

CET OUVRAGE A ÉTÉ ACHEVÉ D'IMPRIMER SUR ROTO-PAGE
PAR L'IMPRIMERIE FLOCH À MAYENNE EN MAI 2021

N° d'impression : 98324
Imprimé en France